丘书院文库(第二辑)

经典的力量

王余光 邱冠华 主编

中国文学经典导读

陈晨 编著

西藏人民出版社

图书在版编目（CIP）数据

中国文学经典导读/王余光，邱冠华主编，陈晨编著.--拉萨：西藏人民出版社，2018.07
虎丘书院文库第二辑·经典的力量
ISBN 978-7-223-05721-9

Ⅰ. ①中… Ⅱ. ①王… Ⅲ. ①中国文学-古典文学-文学欣赏 Ⅳ. ①I206.2

中国版本图书馆 CIP 数据核字(2017)第 249201 号

虎丘书院文库第二辑·经典的力量
中国文学经典导读

主　　编　王余光　邱冠华
编　　著　陈　晨
责任编辑　计美旺扎　郑桂森
封面设计　丹　那
出版发行　西藏人民出版社(拉萨市林廓北路 20 号)
印　　刷　苏州彩易达包装制品有限公司
开　　本　880×1230 1/32
印　　张　6.5
字　　数　120 千
版　　次　2018 年 7 月第 1 版
印　　次　2018 年 7 月第 1 次印刷
印　　数　01-2,500
书　　号　ISBN978-7-223-05721-9
定　　价　24.00 元

《虎丘书院文库》(第二辑)编委会

《虎丘书院文库》总序

王余光

一

经过一年多的努力,《虎丘书院文库》的第二辑又将与读者见面了,回顾《文库》走过的历程,从 2014 年底开始筹划《虎丘书院文库》的编撰事宜,到 2016 年初第一辑《传承的力量》问世,再到今天第二辑《经典的力量》付梓,在虎丘书院投资人的鼎力支持下,《虎丘书院文库》已经形成了一定的规模和品牌效应。通过《文库》的编撰,虎丘书院与作者团队在“促进经典共读,传承中华文明”方面的构想正在逐步得以实现。我们相信,随着第二辑的正式出版,《虎丘书院文库》会越办越好,能够更加广泛地激发人们对中华传统经典的兴趣,进而主动参与到《文库》建设中来,形成一批经典阅读的优秀成果,为虎丘书院的发展以及构建全民阅读的书香社会做出贡献,这也是我们策划这套书的初衷。

苏州古城,向称人文渊薮。据学者考证,自南宋和靖书院以来,书院林立,仅清一代就建成各类书院 53 座。书院推动了苏州的教育,培养了大量人才,繁荣了苏州的文化。虎丘山麓,钟灵毓秀,自古以来便是文人雅集、诗歌酬唱之所,有着悠久的历史底蕴和文化积累。2012年，虎丘书院正式设立，以传承苏州文脉、弘扬国学经典为己任，以培训、讲座、故事、图书借阅等多种形式向市民提供免费服务，同时，书院投资人邀请笔者为书院的学术研究出点力，有感于他回馈乡邦的热忱，笔者欣然从命，这是《文库》编撰之缘起。

虎丘书院设立的初衷，一方面是为了延续虎丘地区千载以来的文脉传承，恢复虎丘山麓的历史文化风貌。另一方面，也是更为重要的，是希望通过书院的建设和相关工作的开展，弘扬和传承中华文化，以重振国学为宗旨，支持学者、爱好者从事国学方面的学习和研究，开展国学教育、国学交流等公益文化事业。书院建成以来，已经举办了一系列针对不同受众群体的研习活动，如面向学龄儿童的《弟子规》诵读班和“知心姐姐故事会”、面向大众的《黄帝内经》讲习班和“红学研习班”、面向较高文化层次人群的易经、太极文化研修班等。在学习和授课的过程中，我们经常得到这样的反馈，那些对传统文化、古代经典感兴趣的人们，常常面临阅读方面的困惑。读什么？怎么读？是在交流过程中最常被提出的问题。正是鉴于这种情况，虎丘书院投资人与笔者一起策划出版《虎丘书院文库》，分批分层次地推出一批中国传统经典导读书籍，为国学爱好者学习研读古代经典提供借鉴。

二

虎丘书院建设和运行的投资者，是苏州当地的一家民营企业。企业建设书院、开展公益服务，甚至不愿被人知晓企业的名称，常常被人质疑企业举办书院的目的，以及传承国学经典与企业经营之间的关系。

人的本质是一切社会关系的总和，不论是独立的个人，还是机构或企业，在生存和发展的过程中会与社会环境互相影响。企业投资开办虎丘书院是希冀通过履行社会责任，营造良好的社会环境，社会环境越好，越有利于企业的生存和发展。而所谓的社会环境，其根源来自于这个国家、民族所有的传统文化，也就是说，历史总是在不经意间，以各种各样的方式影响着现在。所以，不了解历史，不能领会传统文化的精髓，也就难以正确地处理今天所面临的现实事务。古往今来，先贤们已经从多个角度阐释过这个道理，“疑今者察之古，不知来者视之往”(《管子·形势》)，强调了要古为今鉴；“死亡的历史会复活，过去的历史会变成现在”(克罗齐)，阐明了历史与当下的辩证关系；“回顾得越远，可能前瞻得越远”(丘吉尔)，提出了回顾历史的现实价值。

可见，一个民族、国家的传统和历史，并不只存在于书本纸张之上，而是在我们日常的一言一行中发挥着作用。甚至具体到商业运作上来说，传统经典的作用也是不能被忽视的。早在先秦典籍之中，古人就已经总结出了许多国家治理和事务管理的有效经验，时至今日也没有过时，展卷细读，仍可从中感受华夏先民的智慧之光。比如，《周易·系辞》说“天之所助者，顺也；人之所助者，信也”，强调为人处世必须顺应大道，诚实守信。《孙子兵法·虚实》中说：“兵无常势，水无常形，能因敌变化而取胜者，谓之神。”告诉我们在商战经营中要审时度势，正确地做出决定。类似的经验之谈在古代典籍中俯拾皆是，对于生产、经营都有很高的指导价值。上面谈到了历史经验和传统文化对现实生活的价值和意义，那么，作为一个普通人，我们应该如何了解和领悟历史之美呢？最简单、也最有效的方法，莫过于阅读传统经典。流传至今的古代经典著作，经过了数千年历史的考验，是古人智慧的结晶，而阅读则是沟通古今的桥梁。在今天这样一个信息爆炸的时代，为什么还要阅读传统经典？笔者认为，至少有以下三个方面的原因。

首先，中国古代有着非常悠久的阅读历史，并且形成了经典崇拜的阅读传统。在物质资源还不丰富的古代，古人读书往往要通过手抄默诵的手段，书籍得来不易，读书人都格外珍惜，因此留下了许多勤学苦读的动人故事。除了书籍本身的贵重，书已经成为了古代读书人生活中不可缺少的部分，明代的一位学者就曾说过：“可无衣、可无食，不可以无书”。古人爱书、读书，甚至到了嗜书如命的地步，除了追求广罗善本、插架琳琅，还十分重视总结各种读书经验和读书方法，对于我们今天阅读传统经典具有广泛的指导意义。在阅读内容方面，自古以来，中国人就十分强调阅读经典，《隋书·经籍志》说："夫经籍也者，机神之妙旨，圣哲之能事，所以经天地，纬阴阳，正纪纲，弘道德，显仁足以利物，藏用足以独善"。足见经典在古人心中的分量。而后的历朝历代，虽然经典的定义在随着时代发生变化，但阅读经典一直是人们读书的基本选择。

其次，阅读经典是完善个人修养，提高教养的重要方式。"修身、齐家、治国、平天下"，是中国古人追求的完美的人生进境。修养自身，是为人处世的第一步。而阅读则是提高个人修养，培养教养所必不可少的手段。1923年，梁启超先生在《治国学杂话》中就提出，中国的学人有必要读一些传统经典。1925年，《京报副刊》组织了一场"青年爱读书""青年必读书"各十部的征求活动，收到了当时最为著名的70余位学者的响应，开列了相关书单。可见，阅读经典的作用得到了学者们的一致认可。而我们为什么要重视经典阅读？除了文化传承的意义而外，经典凝结了数千年来中国人的人生经验，囊括了为人处世的方方面面，通过阅读前人的经验，可以让现在的人们在人生的道路上少走弯路，可以培养我们健全的人格，善良的心灵。

第三，传统经典可以为我们提供处理人际关系、社会事务的各种方法和经验。经典是前人知识的宝库，正如苏轼在《李氏山房藏书记》中所说："用之而不弊、取之而不竭，贤不肖之所得各因其才，仁智之所见各随其分，才分不同而求无不获者，惟书乎！”今天我们在社会生活中遇到的种种问题，求诸经典，往往能够得到令人耳目一新的答案。古代典籍，本身也源自于古人对生活和实践经验的总结。这些经验和教训对于处理今天的社会事务也是同样适用的。

三

前面我们总结了经典阅读的作用和价值，在当今的社会环境下，人们并非没有认识到传统经典的价值，而是苦于没有好的阅读方法和阅读指导。针对这种情况，2014年底，虎丘书院投资人与笔者协商，希望编撰一套为国学爱好者提供传统经典阅读方面指导和建议的丛书。根据笔者多年从事中国传统经典阅读教学和经典阅读推广工作的经验，由于古代汉语教育的缺失，当今的读者，特别是青少年读者在阅读传统经典方面普遍存在语言障碍。因此，我们策划的这套《虎丘书院文库》，涵盖了推荐书目、原典注释、全本导读等系列书系，在选题策划和组织撰写的过程中，充分考虑读者对象的实际需求，引入分级阅读的理念，争取建立一套立体的、全方位的传统经典释读体系，将《文库》打造成为本领域的著名品牌。

2016年春节后，《虎丘书院文库》第一辑《传承的力量》出版。

该书由虎丘书院投资人委托北京大学王余光和苏州图书馆邱冠华组织团队编撰完成。《传承的力量》一套五本，是古代经典名著的选注本。分主题从先秦至清代的典籍中，选择最能代表传统文化精髓的名篇，寻章择句，确定选文，在此基础上，提供注释和翻译。在内容方面，选取了与为人处世关系最为密切的五个主题：修身立德、读书治学、治家教子、安身处世、为官从政，各成一册。每个分编下，又细分出六至八个小类，译文以“信”为主，兼顾“达、雅”。每册正文前有编译者撰写的导言，介绍本编内容、选文出处、分类情况等等。

第一辑推出后，取得了较好的反响。2016 年初，按照《虎丘书院文库》的整体策划，启动了第二辑的编撰工作，仍由王余光和邱冠华担任主编。第二辑《经典的力量》，采用全本导读的形式。从中国古代瀚如烟海的经典著作中，分主题选择了 100 本得到人们广泛认可，流传时间长，影响巨大的作品，为之撰写导读。分为《中国思想与宗教经典导读》《中国政治与文化经典导读》《中国艺术与科技经典导读》《中国史学经典导读》《中国文学经典导读》五册，每册收书 20 种。在选择书目的过程中，遵循了以下原则：第一，代表性原则，优先选取每类中认可度最高的著作。第二，体裁多样，均尽可能全面地覆盖每类的各种体裁，如史学的编年史、纪传史、地理史等；文学的总集、别集、文学理论等。第三，兼顾区域史和民族史。中国是一个统一的多民族国家，每个民族的文化遗产都是中华文明不可分割的重要组成部分。每册前的序言,系统论述了古代学术的发展历程和主要特点,介绍了本册的选书标准和主要内容。正文由20篇导读构成,每篇导读的主要内容包括:该书的作者和成书过程;该书的主要内容及阅读方法;该书的流传情况和在当代社会的意义。这套丛书可供国学爱好者参考,了解古代经典的基本情况,并提供阅读建议。由于作者水平有限,疏漏之处在所难免,衷心地希望读者朋友多提宝贵意见,帮助我们不断完善本书。

最后,在本书即将面世之际,笔者谨代表作者团队向虎丘书院投资人一直以来的信任和支持致以谢忱。同时,特别感谢西藏人民出版社对经典阅读推广工作的热情,该社社长刘立强,藏文编辑部主任才让多杰,都为本书的顺利出版付出了大量的心血。全民阅读工作的推进和书香社会的建设,离不开社会各界的共同努力,在此一并表示谢意。

中华民族是一个尊重历史、崇尚古训的民族,传统经典在中国人的生活中占据了不可替代的位置。阅读经典可以使人明理,可以培养我们知人阅世的能力,是滋养内心的养料,是让我们心灵强大的源泉,这是阅读的力量,也是经典传承的意义。

是为序。

2017年7月12日

目 录

前言

在人类创造的全部精神文明中,文学似乎是离我们生活最近的那一部分。不论男女老少、贵贱贫富,在每个人的成长历程中,总有那么一部或者几部文学作品曾经深深打动我们的灵魂。翻阅古今中外名人开列的各种书单也总能发现,在选择影响个人一生的书目时,文学作品总是赫然在列的。

那么,文学到底是什么?为何会拥有这样神奇的力量?有人说,文学是一种形象化地反映客观现实的艺术。也有人说,文学是一项事业,拥有教化人心的力量。还有人说,文学是人的情感力量行之于文字的表达。不同的视角给我们理解文学的内涵提供了帮助。对于文学的本质,近代文学研究的奠基人之一——郑振铎先生曾经如此定义:

文学是人们的情绪与最高思想联合的"想象"的"表现",而它的本身又具有永久的艺术的价值与兴趣的①。

概言之,文学是表现人们思想和情绪的一种工具,"文学的价值与兴趣,不惟在其思想之高超与情感之深微,而且也在于其

①郑振铎,《二十世纪名人自述系列·郑振铎自述》,合肥,安徽文艺出版社,2013年,第375页。

表现思想和情绪的文字的美丽与精切(同上,373 页)”。从中我们可以总结出文学的双重价值,一为语言艺术行之于文本的精巧与华丽,一为通过文字所表达的人类永恒不移之情感。不同于生物和科学的进化演进观,人类的情绪似乎自开启灵智的那一日起,便保持了长期的稳定性。今天的人们不会再信奉亚里士多德坚信的“地心说”,但仍然能够从他的《诗学》《修辞学》中汲取养分,体现的就是这个道理。由此,我们似乎可以稍微捕捉到文学力量之源泉——人类跨越千年而不褪色的情感,以及由文字运用之美而带来的身心愉悦。这是那些经典文学作品历经千年而不衰的根本原因,也是今天我们阅读经典文学作品的价值所在。

文字之所以诞生,出于记录事件需要;文学之所以诞生,则出于记录情感的需要。情感是人类与生俱来的天赋,但文学成为一种可以记录、流传下来的艺术形式,就必须等到文字发明作为必要条件。从这一点上来说,自文字产生之日起,文学的萌芽也就随之出现了。汉字是人类历史上连续使用时间最长的文字,中国文学也因之成为了世界文学宝库中璀璨夺目的一颗明珠。

中国文学的萌芽孕育于先秦时期,今天我们所能见到的各种文学体裁几乎都诞生在这个时代。殷商甲骨卜辞是散文的雏形;《诗经》《楚辞》开创了中华民族灿烂的诗歌文化;小说可以追溯到上古神话传说、《春秋》《左传》的叙事手法。即使是戏曲,都可以从《诗经》《九歌》中记载的娱神歌舞中找到远源。除了文学体裁,这一时期产生的许多文学观念，如“诗言志”“法自然”“思无邪”“温柔敦厚”等都极大地影响了中国文学理论的发展。

汉代建立了统一的中央集权国家后，在文学方面，失去了先秦时期的生动活泼，取而代之的是一种华丽铺张的文风。汉赋是其中的突出代表，如司马相如的《子虚赋》、张衡的《二京赋》等，皆极尽铺张之能事，辞藻华丽，描写工致，展现了汉语文字之美的极致。汉代上层文学的偏好显然不能令普通民众喜爱，乐府民歌是汉代文学对文学史另一项伟大的贡献。这种新的诗歌形式甫经诞生便在民间展现出极强的生命活动，最终酝酿出五七言体这种中国诗歌的新乐章。

魏晋到唐中叶，是一个属于诗歌的时代，五七言古体诗发展至巅峰，近体诗兴起、定型并最终达到鼎盛。从魏晋“三曹父子”“建安七子”、陶渊明、谢灵运、庾信、到初唐“四杰”、陈子昂，再到盛唐的王维、孟浩然、高适、岑参、李白、杜甫，不论是“建安风骨”还是“盛唐气象”，都成为了后人追慕的对象，承载了中国人对那个浪漫时代最美好的想象。盛唐的繁华终结于“安史之乱”，唐宋文学的变革也随之开启。名列唐宋八大家之首的韩愈、柳宗元，深恶六朝以来讲求声律、辞藻，工于排比的骈文文风，要求恢复两汉的散文传统，提倡文以载道的作用。这场史称“古文运动”的文学语言和文体的改革，由韩、柳二人初倡，经由宋代的欧阳修等八大家的共同努力，最终在宋代得以完成，确定了此后的文学语言和文体样式，一直延续到“五四”之后才被打破。诗歌到盛唐已至顶峰，之后的诗人面对盛极难继的局面，开辟了一条新的道路。注重对日常生活的描写，强调个人情感的表达，这在白居易、韩愈、李贺、李商隐、黄庭坚、苏轼、杨万里、范成大、陆游等人的诗中都有所体现。

诗文之外，宋代文学的代表——宋词，是这一时期文学成就的巅峰。这种起源于唐中叶曲子词的文体，经过五代词人温庭筠、李煜等人之手，到了宋代蔚然成风，柳永、苏轼、周邦彦、李清照、辛弃疾、姜夔等词作家是其中的佼佼者。此外，宋代还是市民文化最为发达的一个朝代，根植于市民娱乐的“说话”“市人小说”，直接开启了小说时代的到来。

元明清三代文学的一个突出特征，就是叙事文学的兴起并开始占据了文坛的主导地位。元代儒生地位低下，不得不以通俗文学的创作来谋生。这极大地提高了通俗文学的艺术水准，涌现了以关汉卿、王实甫、马致远、高明为代表的一批区别于传统文人的作家。他们大量地创作杂剧和散曲作品，使之成为了元代文学的代表。同时，他们的作品不同于一般的案头之作，而是在元代的瓦肆勾栏、乡间戏台上大量上演，这为明清戏曲的兴盛培育造了土壤。

明代至清末的文坛，是属于小说和戏曲的时代。元末明初出现的《三国志演义》《水浒传》，明代的《西游记》、清代的《红楼梦》，展现了古代白话小说所能达到的最高成就。而以汤显祖《牡丹亭》、孔尚任《桃花扇》为代表的明清传奇，在明末思想解放浪潮的影响下，既体现了文学艺术之美，同时也重拾文学对人伦情感的描摹，是对宋明理学禁欲主义的反击。

清代晚期至五四前后，是中国近代史上各领域均发生激荡变革的一个时期，文学也不例外。一批有识之士在寻求富国强兵之路时，注意到其在社会教育方面的作用。文学被视为社会改良的工具，最容易引起国民共鸣的文体形式——小说的地位大大提升。借助于报刊等新媒体，通俗文学获得了新生。经过“五四”运动的洗礼，白话文成为了中国人书写、表达的主要方式。由此，延续五千年的古典文学之门就此关闭，文学的发展迎来了一片崭新的天地。

经过数千年的发展，中国文学史上作家如林，作品如海，涌现出许多优秀的文学家和经典著作。然而在互联网迅速发展的今天，人们每天都在接受爆炸式的碎片化信息，对经典文学的阅读和关注越来越少。古代文学经典是我国卷帙浩繁的文学作品中的精华，集中体现了古人的才华和智慧，经过了历史长河的检验，直至今日，仍然对我们的学习和生活有着重要意义。

首先，阅读古代文学经典具有培养语言文学能力的作用。文学是语言符号的艺术，是对语言生动、创新地运用。因此经典文学作品可以体现作者高超的语言运用能力，代表了我国古代语言艺术的高峰。且不论自《诗经》出现以来我国文学发展中出现的各种不同文学体裁，单从诗歌这一类别来说，从山水诗派、田园诗派到边塞诗派、婉约诗派等，各派诗人对文字和语言进行精简、凝练，用诗歌传达出丰富多样的情感。通过阅读经典文学作品，仔细揣摩其中用词、造句的妙处，可以在潜移默化中培养和提高语言文学方面的素养。

其次，阅读文学经典是提高个人修养，培养健全人格的重要方式。儒家思想作为我国古代社会的正统思想，影响了一代又一代的读书人，"修身、齐家、治国、平天下"成为许多文人学者的人生追求，这也反映在了众多的文学作品中。其中的经典之作更是对这些道德修养、精神人格的绝佳展现。我国的经典文学作品内涵丰富，无论是忧国忧民的家国情怀，对人性的关注认识，还是对亲情、友情、爱情的珍惜热爱，都是对我们进行的一场深入灵魂的精神洗礼，对个人修养的培育和提高，和中国人精神人格的养成有着无法替代的作用。

第三，经典文学作品可以陶冶情操，丰富精神文化生活。科技的进步和电子设备的普及为人们的学习与生活带来许多的便利，人们可以随时随地与别人交流获取想要的信息，但这也占据了人们大量的空余时间，无法收获真正有价值的精神养分，导致物质充实、精神空虚的现代怪象。经典文学作品经过世代哲人先贤对语言文字的雕琢打磨，无论是故事叙述还是真理阐释，从不同方面为我们带来美的享受,给我们带来精神上的富足,从而远离各种肤浅低俗读物,更好地享受生活,体味人生。

鉴于经典文学作品阅读的重要意义,我们期望能为人们提供更多关于经典文学作品阅读的指导。在本册《中国文学经典导读》中,精选了中国古代经典文学作品二十部,包括历朝历代不同文学体裁的作品,主要可以分为《诗经》与《楚辞》、诗集、词集、文集、小说集五类,对每一部作品从作者、作品内容、主要影响进行介绍, 以期为读者阅读我国古代经典文学作品提供一些参考和建议。

《中国文学经典导读》中的选篇以《诗经》最为古老。作为中国最早的一部诗集,同时也是儒家经典之一,其丰富的思想内容和迷人的艺术魅力对后代文学的发展影响深远,《诗经》在我国古代文学作品中的重要地位毋庸置疑。而《楚辞》是中国文学史上第一部浪漫主义诗歌总集,其独特的创作手法催生了“楚辞体”这一新生的文学体裁,《楚辞》瑰丽的文风、深厚的内涵使其与《诗经》一起成为历代文人学习的典范。鉴于《诗经》和《楚辞》对我国古代文学的开创性贡献,首先将此二部作品推荐给读者。

诗是一种古老的文体形态,在人类历史上有着普遍和广泛的影响,中国的古诗以其独具特色的体例、丰富多样的内容、数以万计的作品数量在人类诗史上闪烁着耀眼的光辉。中国古代对诗歌的重视自《诗经》《楚辞》始,至汉代时出现了专门负责搜集各种诗歌、乐歌的“乐府”,采集的歌谣流传至今的被称为“汉乐府民歌”,极大地推动了我国古诗体式的发展,演变出繁荣兴盛的古代诗歌作品。中国古代诗歌史上名家名作甚多,本书选取兼具代表性和重要性的诗人作品进行介绍,开创田园诗派的陶渊明,有“诗佛”之称的山水诗人王维世界闻名的“李杜”,唐代伟大的现实主义诗人白居易,胸怀家国的南宋爱国诗人陆游等,本书推荐的这些诗人作品集收录了这些诗人的代表性诗歌作品,对于读者阅读我国经典诗作具有重要参考价值。

词是诗的别体,源起于隋唐,兴盛于宋代。词本是为了协律合乐而生,其音乐特性远重于文学特性,在两宋词人的推动下,词的音乐性减弱,词风和形式技巧发生了转变,文学性增强,并逐渐发展成为一种独立的文学体裁。在词的转变过程中,得益于数代词人的共同努力,同时也成就了很多著名词家。苏轼提出“以诗入词”,突破了诗尊词卑的文学理论,让词获得了等同于诗的地位,发挥了词在表达情性,展现各种开阔意境方面的特点,从此词突破了娱乐宴宾的限制,打开了一个崭新的局面。一代女词人李清照的词作则反映了北宋到南宋时期词的发展变化,其“词别是一家”的观点,丰富了词学理论。另一位词人辛弃疾则代表了南宋词的最高成就,其气势磅礴、情感浓烈的豪放词风对词的思想内容、情景意境的延伸功不可没。这些词人的作品集是我国词作中的经典作品,因此特选取这些作品集帮助读者阅读和理解我国词作文学经典。

除了诗词作品，还有不少文人学者善以文抒怀，这些文章或结构严谨，论证充分，或优美简练，富有哲理，其中尤以“唐宋八大家”的作品最为经典。因此，特别选取了“唐宋八大家”之首的韩愈以及开创宋代一代文风的欧阳修文集供读者阅读参考，从中足以窥见古代散文的精髓。需要说明的是，在选取诗人、词人、文人的作品集时，是以作者的主要创作形式为准，但很多作者并不局限于某一种文学形式的创作，例如苏轼的《东坡集》中就收录有苏轼的诗作与文章，读者可以借此全面了解这些作者的创作内容。

小说是我国古代文学体裁中较为晚出的一种，以魏晋南北朝时期志人志怪小说为起源，至明清而臻巅峰。魏晋志怪小说大多已经无存，《世说新语》是少数流传至今的南北朝时期的经典志怪小说集。受宋元话本的影响，小说这种文体形式在明清时期发展到了顶峰，成为了与唐诗、宋词、元曲并列的文学形式，推动了我国古代文学的多样化发展，同时也为近现代小说的出现奠定了基础。小说是商品经济和市民文化迅速发展的产物，满足普通百姓的文学阅读需求，让文学深入到大众中，因而明清小说具有极强的社会现实性，深刻地反映了明清时期的社会政治、经济与文化生活，也对当时的社会矛盾、阶级矛盾、民族矛盾进行了一定的揭露。本书选取的小说融思想性、艺术性与创新性于一体，有享誉国内外的中国经典文学作品《红楼梦》《三国演义》《水浒传》《西游记》四部巨著，有奠定古代讽刺小说基础的《儒林外史》，也有代表我国文言短篇小说最高水平的《聊斋志异》，旨在为读者提供我国古代经典小说的阅读引导。

古代文学在中华民族悠久的文化历史中有着重要的地位和作用，中国古代文学也是世界文学史上的一颗璀璨的明珠。文学经典作品承载了中华民族传统文化的精髓，沟通了古今中国人的情感世界。那一部部凝结了古人智慧和情感的经典文学作品，时至今日，仍在社会生活的方方面面对中国人产生着重要影响。限于篇幅，本书仅仅选择其中部分优秀作品，希望借此能够让读者感受经典的力量，不断提升和完善自我，进而引起读者继续探索文学之林的兴趣。囿于学识，本书的编写还存在不足和缺漏之处，希望读者在阅读之余给我们提出意见和建议，帮助我们更好地完善这套书，让更多的读者受益于古代文学经典。

（陈晨　熊静）

《诗经》

《诗经》,是我国最早的一部诗集。先秦习称为《诗》或"诗三百",战国人把它列为儒家六经之一,汉代以后正式有了《诗经》的名目。

今本《诗经》有诗305篇,分为国风、二雅、颂三大类。

国风包含15个国家和地区的诗,即周南、召南、邶风、鄘风、卫风、王风、郑风、齐风、魏风、唐风、秦风、陈风、桧风、曹风、豳风共160篇。

二雅分大雅、小雅。大雅31篇,小雅74篇(另外还有6篇有目无诗,也属于这个部分)。

颂诗40篇,其中周颂31篇,鲁颂4篇,商颂5篇。

《诗经》原与乐谱相配(小雅中无诗的6篇,可能起初就是有曲无词)。风、雅、颂的区别,主要在音乐方面。风是具有各地地方特色的乐歌;雅是西周都城一带的乐调,"雅"有"正"的意思,是指王畿的正声。这两类诗歌辞有韵,声音短促,叠章重复。颂是宗庙祭祀歌,篇章简短,多无韵,不分章,不叠句,配合舞蹈,声调缓慢。

三类诗的内容也相应地有所区别。风多是里巷歌谣、言情之作；雅以贵族作品为多，主要反映中上层社会的活动和思想；颂则是宫廷特制，用来歌功颂德的。

与后世命题为诗不同，《诗经》各篇的题名乃是后来所加，且多采自各篇诗句。脱离诗文另拟的，只有《常武》《雨无正》等少数几篇。有的篇名相同，如《扬之水》《羔裘》各有三篇，《柏舟》《谷风》各有两篇。

《诗经》的作者，绝大多数不详。有几位作者姓名，如家父、孟子等，保存在诗文之中，但也无法获知更多的情况。作品产生的地域，以国风而言，大体包括了今陕西、山西、河南、山东、河北和湖北北部。创作的时间，大约从西周初年到春秋中叶，其中周颂、大雅较早，鲁颂、商颂、国风较晚。

据说，周代有王官采诗和各国献诗的制度，这些时间、空间跨度都很大的诗篇因而得以集中起来。《史记·孔子世家》说："古者诗三千余篇，及至孔子，去其重，取可施于礼义……三百五篇，孔子皆弦歌之。"把孔子说成是《诗经》的删定者。但有关记载表明，在孔子之前《诗经》即已大致定型。孔子自己说："吾自卫返鲁，然后乐正，雅、颂各得其所。"(《论语·子罕》)他所做的，大概是一番整理工作。

孔子以"六艺"教授学生，《诗经》作为其中重要的一门，从此确定了在儒家经典中的地位。经过秦火的洗劫，许多古籍损失惨重，而《诗经》依靠易于记诵的优势，竟得以保全。汉代传《诗》有四家，鲁、齐、韩三家诗并称为今文，“毛诗”称为古文。它们在汉代势力的消长，大致与《尚书》今古文的情形相似。“毛诗”在流传中，形成了《大序》和《小序》，分别讲述全诗的宗旨和各篇的意义。东汉末年郑玄作《毛诗传笺》，成了通行的传本，今文各家相继亡佚。唐初孔颖达主编《五经正义》，在《郑笺》基础上，作《毛诗正义》，成为国家定本，后汇入《十三经注疏》。宋学兴起，朱熹作《诗集传》，在其后的几百年中居于正统地位，本世纪以来，各种今译本相继问世，在胡适、郭沫若、闻一多等人推动下，《诗经》研究引进许多新方法，古老的《诗经》学进入了一个新的时代。

《诗经》作为古代优秀的文学遗产，具有丰富的思想内容和迷人的艺术魅力，为后代诗人墨客所景仰、学习、借鉴，强烈影响着中国文学的发展。

《诗经》中民歌和贵族讽刺诗表现的现实主义精神，开创了我国诗歌创作的传统。战国时期的伟大诗人屈原写下了《离骚》等愤世嫉俗、忧国忧民的著名诗篇，几乎与《诗经》齐名。汉乐府民歌深刻反映了广阔的社会生活，被称为“汉以后的《诗经》”。建安诗人描写离乱疾苦，抒发匡世救民、济国安邦的情怀。唐初陈子昂举起“风雅比兴”的旗帜，扫荡六朝艳薄颓靡的诗风，倡导诗歌革新运动，复兴《诗经》的现实主义传统。后来李白、杜甫代表的盛唐诗坛，中唐元稹、白居易领导的新乐府运动，都坚持这一正确方向，取得了辉煌的成就。

《诗经》中赋、比、兴的艺术手法，也为历代诗人所沿用。赋是铺陈，是诗歌中最常用的一种手法，战国以后又由此发展成为一种文体。比是比喻，兴是启发。历代诗人继承发扬这两种手法，创造出无数兴寄独深、比类切至的艺术意境，形成了我国古代诗歌含蓄蕴藉、韵味无穷的独特风格。

《诗经》的艺术技巧也为后人所仿效。它体现的炼字功夫，向来受到重视。一些富有表现力的词汇，为历代沿用。它创造的修辞方法，如烘托、比拟、夸张、对偶、排比等，一直得到广泛的应用。

《诗经》也影响了散文的发展。唐代中期，韩愈、柳宗元发起古文运动，提倡散文，反对骈文，就都把《诗经》健康内容与优美艺术形式的统一，作为学习的典范，开创了中国散文文学的一个光辉时期。

几乎可以说，《诗经》的影响，渗透到我国文学艺术的各个领域。这如同闻一多先生所指出的"'三百篇'的时代，确乎是一个伟大的时代，我们的文化大体上是从这一刚开端的时代就定型了。文化定型了，文学也定型了，从此以后二千年间，诗——抒情诗，始终是我国文学正统的类型，甚至除散文外，它是唯一的类型。赋，词，典是诗的支流，一部分散文，如赠序、碑志等，是诗的副产品，而小说和戏剧又往往以各自不同的方式夹杂些诗。诗，不仅支配了整个文学领域，还影响了造型艺术，它同化了绘画，又装饰了建筑(如楹联、春帖等)和许多工艺美术品。”①

不过,《诗经》在中国历史中的使命,远不限于、甚至主要不在文学方面。孔子指出:“《诗》可以兴,可以观,可以群,可以怨。迩之事父,远之事君,多识于鸟兽草木之名。”(《论语·阳货》)他还说:“诵《诗》三百,授之以政,不达;使于四方,不能专对;虽多,亦奚以为?”(《论语·子路》)兴,指思想情感的激发移化;观,指认识政治民情;群,指沟通思想感情;怨,指讽刺、劝谕不良政治及社会现象。学习《诗经》,不单只是背诵,而且要从政治、社会、伦理的高度,领会、运用其丰富的精神底蕴,从而胜任社会人生的各种角色,办好政治和外交。因此,孔子强调学习《诗经》,说是“不学《诗》,无以言”(《论语·季氏》),却又以为内中的哲理不是随便就能领悟、谈论的。只有举一反三,辗转发明,像子贡那样从“如切如磋,如琢如磨”的治玉方法想到人的自我修养,像子夏那样从“巧笑倩兮,美目盼兮,素以为绚兮”的天生丽质悟知文明礼教是社会进化的产物,方才可以同他们讨论《诗经》(见《论语》、《学而》、《八佾》,诗见《卫风》、《淇澳》、《硕人》,“素以为绚兮”一句后佚)。

确如孔子所说的那样,西周、春秋时代,诗具有广泛的社会功能。举其大端有:

一、配合各种典礼仪式,成为贵族文化生活的重要内容。国家的祭祀、朝会,贵族的婚嫁喜庆,乡曲的集会结社,都要按照礼仪

①《文学的历史动向》,《闻一多选集》第1卷,四川文艺出版社1987年版,第364页。

的程式，演奏各种相应的乐歌，用以娱神享祖，渲染气氛，增进联系，陶冶情性。

二、讽刺统治阶级的虐政丑行，控诉压迫、剥削和战争的罪恶。如《小雅·十月之交》，指斥幽王无道，奸臣弄权，搞得天灾人祸，民不聊生；《齐风·南山》谴责齐襄公私通胞妹的禽兽行为；《秦风·黄鸟》抨击了殉人的野蛮制度；《魏风·硕鼠》痛骂剥削者，向往自由自在的乐土；《豳风·东山》《邶风·击鼓》等篇，抒发了征夫戍士对家园亲人牵肠挂肚的思恋，表达了对战争的怨恨。在长期流传中，这些诗篇渐渐脱离了原来的特定背景，从而具有了更为广泛的社会意义。

三、赋诗言志。在社会政治交往中，点出诗篇让乐工演唱或自行诵唱，表示愿望、情感和态度。春秋一代，赋诗成了外交家的基本功，诗成了特殊的外交语言。如《左传》襄公二十六年，作为盟主的晋国囚押卫侯，齐侯、郑伯前往解救。宴会上，晋侯赋《嘉乐》，欢迎来宾。齐国景子赋《蓼萧》，郑子展赋《缁衣》，赞颂晋侯的恩泽，表示对盟主的忠诚。经过一番活动，齐国景子又赋《辔之柔矣》，劝晋侯宽大为怀；子展赋《将仲子兮》提请考虑国际舆论。晋侯于是放还卫侯。作为反面的例证，《左传》襄公二十七年，齐庆封访问鲁国，在宴会上不恭。主人赋《相鼠》，挖苦他无理无耻，何不早死。他听不懂，大丢其脸。当时公卿大夫谈话时也常常随口引诗，借以加强语言的表达力，成为日后著述引诗的滥觞。

四、作为学习的教材。《国语·楚语上》记载：申叔时为楚太子提出的教育方案中，就要求读《诗》以拓开见识，修养道德，树立宏大的志向。由此可见贵族子弟学《诗》的风尚。孔子开学授徒，《诗经》更是一门重要的必修课，通过《诗》教，除了让学生掌握处世从政的本领外，还养成“温柔敦厚”的性格。

及至战国，社会风尚发生变化，赋诗言志的事不再见于记载，而著作时征引诗句，以资论证，一时颇为风行。如孟子引《豳风·七月》，说明他“有恒产者有恒心，无恒产者无恒心”的著名论断（《孟子·滕文公上》）；荀子引《曹风·鸤鸠》强调学贵专一的道理（《荀子·劝学》）。这类情形在墨家的《墨子》，杂家的《吕氏春秋》中，也都时常可见。延及汉代，此风尤盛。如《韩诗外传》卷一引《鄘风·相鼠》提倡礼治，《春秋繁露·尧舜不擅移汤武不专杀》引《大雅·文王》，宣扬天命。

重视诗教的传统也由战国儒家发扬光大。荀子在《劝学》篇中申述：《诗》、《书》等经典囊括天地之理、圣王之道，必须认真学习，才能完成由生物人（禽兽）向社会人的转变，争取由凡人向圣人的飞跃。汉代以后，《诗经》的尊贵地位由官方予以确定。此后2000多年，它不仅是学校的重要教科书，也是社会教化的宝典。对于这种作用，《毛诗大序》作了很好的概括。其中说：风，是讽谕，是教育。讽谕以推动，教育以感化。又说：治世之音平安，其政治和顺；乱世之音怨怒，其政治乖戾；亡国之音哀愁，其民众困苦。所以纠正得失，感动天地鬼神，没有比诗更切近的。先王用它来调理夫妇关系，培养孝顺恭敬，敦厚人际关系，搞好教化，移风易俗。还说：君上讽谕民众，民众讽刺君上。利用歌咏的形式，委婉地表达规劝，说的人没有罪，听的人却足以为戒。朱熹撰《诗集传》，又专门作序，从理学的角度，申述这个道理。他说：语言表达内心的感受。感受有正有邪，言语也就有是有非。只有圣人在上，人们的感受无不纯正，言语才都可以用于教化。如果感受、言语驳杂，统治者必然思索其中的原因，因而有所劝惩，这也可以达于教化。东迁之后，这些行不通了。孔子生逢此时，未得权位，不能实行劝惩升降的政治，于是专门研究典籍，删去重复，纠正纷乱，达于简约，垂示久远，使学者据以考察得失，扬善去恶。他的政治虽不行于当时，教化却流传万世。这就是诗之所以用作教化的缘故。在一一评述《诗经》各大部分之后，朱熹总结说：《诗》作为经典，人事周密于下，天道完备于上，一切义理无不具备。关于学习《诗经》的方法，朱熹指出：根据二南（他特别推崇《周南》《召南》，认为是《国风》中的"正经"）探求本源，参考其他国风摸清流变，通过读《雅》来扩大规模，通过读《颂》掌握要领。读通字句，体会意义，那么修身、齐家、治国、平天下的道理，就可以从中得出而无需他求。

当然，《诗经》并非只是用于宣扬正统思想，而在有的场合，也对一些进步、自由的异端观念提供了庇护和支持。《国风》中多有情诗，如《周南·关雎》描述男子的痴情单思，《郑风·溱洧》咏颂自由恋爱的场景,《邶风·静女》叙写情人幽会,《鄘风·柏舟》抨击包办婚姻。孔子评论《关雎》,说是"乐而不淫,哀而不伤"(《论语·八佾》);对于包括所有这些内容在内的《诗》三百篇,他一言以蔽之——"无邪"(《论语·为政》)。究其原因,当是《诗经》时代的男女关系较为开放,而孔子的批评尺度又相对宽松。但是,这却叫后世的道学家们大伤脑筋。朱熹在《诗集传》中,将这类诗歌中的24篇斥为淫诗,有的则予以曲解。他的弟子王柏走得更远,竟断言32篇所谓淫诗是孔子所删,后又被汉人窜入《诗经》的,主张尽行删削[①]。但是,这些意见令人难以接受。如马端临《文献通考·经籍考五》就反驳朱熹说:所谓淫诗"繁多如此,夫子犹存之,则不知所删何等一篇也!"《四库全书总目提要》经部诗类存目一更谴责王柏说"柏何人斯,敢奋笔而进退孔子哉!"事情牵涉到孔子,就不好办。于是这些诗篇依然如故,在封建礼教的高压下,传播一股清新自由的气息。

(陈伟)

①《诗疑》,《古籍考辩丛刊》第一集,中华书局1955年版,第371–374页。

《楚辞》 屈原

中国是一个诗的国度。源远流长的中国诗歌文化，历代名家辈出，流派众多，但追根溯源，“莫不同祖风骚”(沈约《宋书·谢灵运传论》)。风指《诗经》，骚则是继《诗经》之后出现的我国第二部诗歌总集《楚辞》的代称。千百年来《楚辞》与《诗经》一起，以其思想内蕴的丰富深厚，艺术风格的瑰伟绮丽，影响着一代又一代中国诗人的创作道路和艺术特色。人们甚至认为，《楚辞》的地位和影响已超越了《诗经》。刘勰在《文心雕龙》中把《明诗》作为文体论之一种看待，而把《辨骚》放在《明诗》之前的“文之枢纽”部分，认为“其衣被词人，非一代也”；称其已“笼罩雅颂”(《时序》)。鲁迅也曾说过，《楚辞》“逸响伟辞，卓绝一世。后人惊其文采，相率仿效，以原楚产，故称《楚辞》。较之于《诗》，则其言甚长，其思甚幻，其文甚丽，其旨甚明，凭心而言，不遵矩度。故后儒之服膺诗教者，或訾而绌之，然其影响于后来之文章，乃或在三百篇以上”。(鲁迅《汉文学史纲要》)

《楚辞》之得名盖因其“皆书楚语，作楚声，纪楚地，名楚物”

(黄伯思《翼骚序》)之故;也由于同为楚人的屈原、宋玉等作家的诗作,在思想和形式上都对后人产生了很大的影响,以至于形成了一种新的文学体裁。如王逸所说"至于汉兴,刘向、王褒之徒,咸悲其文,依而作词,故号为'楚辞'。"(《楚辞章句·九辨序》)

《楚辞》最早为西汉刘向所辑,收集了屈原、宋玉、唐勒、景差等楚国作家以及西汉贾谊、淮南小山、东方朔、庄忌、王褒和刘向自己的辞赋作品,共16卷。其中最主要的作家是屈原。这不仅因为集中他的作品最多,成就最高,而且他是"楚辞"这一新兴文体的开创者。在我国文学史上,还难以找出哪一个人能够像屈原那样,把自己的名字与一种新的文学样式如此紧密地联系起来。

屈原(约前340—前278年)名平,字原;又自称名正则,字灵均。战国楚人。相传其故里为今湖北省秭归县。其先世为楚国的贵族,与楚王同姓。由于他才华出众,博闻强识,明于治乱,娴于辞令,很得楚怀王信任,最初被任命为左司徒,"入则图议国事,以出号令;出则接待宾客,应对诸侯"。(《史记·屈原列传》)屈原怀有远大的政治抱负,极力主张彰明法度,选贤任能,改革朝政,联齐抗秦,以实现他理想中的"美政",使楚国强大起来。但他的作为触犯了楚国贵族集团中腐朽势力的利益,使保守派们深感不安。一次,怀王令他草拟"宪令",尚未完稿,上官大夫靳尚便要夺过去看,屈原与之发生了冲突。靳尚衔恨,勾结怀王少子子兰编造谎言,在怀王面前谗毁屈原。怀王"怒而疏屈平",罢免了他的官职,将他流放到汉北。其后虽然一度将他召回，让他担任过三闾大夫之职，并令他出使齐国，但最终未能听从他的劝谏，导致楚国国势江河日下。怀王后来中计入秦，落得“客死秦国，为天下笑”。顷襄王即位后，做了令尹的子兰又指使靳尚“短屈原于顷襄王”，使他在政治上受到第二次沉重打击，再一次被逐出朝廷，在江汉沅湘一带流浪。屈原重振楚国的理想破灭了，满腔的悲愤无处倾诉，遂化为一篇篇情感充沛、辞采绚烂的辉煌诗章，在中国诗歌史上树起了一座划时代的丰碑。

屈原的作品，据《汉书·艺文志》载为25篇，但未列出篇名。王逸依据刘向辑本所作的《楚辞章句》中，认定为屈原作品的有《离骚》《九歌》《九章》《天问》《远游》《卜居》和《渔父》诸篇。《招魂》和《大招》等篇目的作者归属问题，历来有较大争议，或说为宋玉、景差所作，然而亦无法确切判断。闻一多先生主张，在证据不足时应存疑。

在25篇屈赋中，《离骚》被认为是当然的代表作。这篇具有自传性质的作品，全篇373句，2490字，是我国古代最长的抒情诗。它开创了我国积极浪漫主义文学创作的先河。屈原在《离骚》中表达了极为丰富的思想内容。他追溯自己的世系、生辰和命名经过，自述为高阳帝的苗裔，既出生高贵又具备美好的才能，渴望能够报效祖国。他所担心的并非自身的利害，只恐怕国家的事业遭到败绩。他鞍前马后地为辅助楚王而奔走，为的是遵循上古圣君的道路,追随尧舜的光辉业绩。虽然由于楚王的昏庸导致了自己理想的破灭,但他在痛斥黑暗的现实政治,感慨不为众人理解之余,仍表达了自己不随俗流,“虽九死其犹未悔”地追求理想的信念和决心。“路漫漫其修远兮,吾将上下而求索。”诗中的主人公在作者创造出来的神奇境界中上天入地,努力探求实现自己理想的途径。他命日神驾车,在太阳经过的咸池饮马,到日出之地扶桑歇息,由月神、风神、鸾皇、雷师等一大群神灵簇拥着,遨游于无挂无碍的太空。但天上的世界也不过是“艺术方式加工过的自然界和社会形态”(马克思《德意志意识形态》),所以诗人的追求仍受到挫折。“吾令帝阍开关兮,倚阊阖而望予。”诚心忠言,竟不得其门而入。在种种追求和努力都遭受失败后,他只得求教于灵氛和巫咸,得到去国远游的启示。虽“心犹豫而狐疑”,他终于下定了“周流观乎上下”的决心。作者想象自己驾着飞龙瑶象为车,云霓为旗,鸾铃和鸣,凤凰翔舞,行经流沙,渡过赤水,在不周山左转,以西海为目的地,车骑千乘,玉轪并驰,八龙蜿蜿,云旗逶迤,九歌韶舞,极尽欢娱。正当他将要达到光明的顶点时,对故国的强烈怀念之情又使他不禁回首顾盼,徘徊不前。诗人最终还是不能忘情于故国,脱离社会现实而只求一己的安乐。他以悲愤的心情,表达了自己不能施行美政,就“将从彭咸之所居”以身殉国的壮烈情怀。

《离骚》思想内容上的丰富多彩,在形式上则表现为章法结构的宏大繁复。清人朱冀在《离骚辩》中说“盖《楚辞》中最难读者莫如《离骚》一篇……章法大则开阖亦大。中间起伏呼应，一离一合，忽纵忽擒，如海若汪洋，鱼龙出没，变态万状，令人入其中而茫无津涯。”作者行文时由现实进入幻想，回环上升，波澜起伏，意象迭出，美不胜收，却又忽然间急转直下，从幻想中回到现实。这样贯通全篇的开阖手法，很好地表现了充溢在诗人心灵深处的理智与情感的巨大矛盾和由之引发的思想情绪的动荡起伏，能给人带来极大的心灵震撼。

《天问》是屈原作品中又一篇奇文。它的题义，据王逸解为“问天”，只因“天尊不可问，故曰天问也”。这一说法，曾长期流行。至近世受到怀疑，又创新解。根据文中的丰富内容，可以把题义解为作者对宏观宇宙、自然法则以及人类社会发展的客观规律所作的思索和探讨。《天问》产生的时代背景，正值我国春秋战国时期，诸子蜂起，百家争鸣，学术思想空前活跃，各派学者对从自然界到人类社会的客观世界，进行了全方位的研究和探索。此时，正当屈原被放逐以后“忧心愁悴，彷徨山泽”（王逸《天间序》）之际，他在流放地见到了“先王之庙及公卿祠堂”中的壁画，从那些神话传说联想到宇宙的、神灵的、历史的以及现实的种种难以索解的疑问，于是他“怀疑自遂古之初，直至百物之琐末，放言无惮，为前人所不敢言”（鲁迅《摩罗力诗说》），一口气提出了172个问题。虽然屈原只是提出了问题，没有也不可能作出解答，但是，提问的方式和内容同样可以反映出当时的思想家们已经达到的思想高度和认识水平。郭沫若认为,《天问》“是屈原把自己对于自然和历史的批判采用问难的方式提出”(《屈原赋今译》); 篇中关于天体的一些疑问“问得非常现实。这可表明屈原并不是经常以诗人的幻想去对待自然现象, 而有时是以科学家的态度进行真理的探索”(《伟大的爱国诗人——屈原》)。

《九歌》以“九”名篇却有11篇作品:《东皇太一》《云中君》《湘君》《湘夫人》《大司命》《少司命》《东君》《河伯》《山鬼》《国殇》《礼魂》。《九歌》名称已见于《山海经》和《左传》,据信是楚人的祭祀歌舞,后来逐渐演变成为表现天神故事的神话舞剧。《东皇太一》描写了完整的祭祀场面而无主神出场,可能是系列组诗开头的“迎神曲”;《东君》是对太阳神的礼赞;《云中君》表达出对云神的虔敬;《河伯》描写了对河神的祭祀;《山鬼》表现的对象,现代学者大都认为是巫山之神;《湘君》和《湘夫人》表现出一对夫妇神相互间渴慕、企盼的心理,许多学者认为所写的是舜与二妃的故事;《大司命》和《少司命》的关系与前者有相似之处,可能亦是一对夫妇神,分别司理人的寿命和子嗣。这些诗篇既表现了在生产力极为低下时,人们对自然界的恐惧和虔敬,也抒发了人类自身的思想情感,其中所表现的悲欢离合和酸甜苦辣,是现实生活在神话世界中的折射和反映。只有《国殇》是完全反映现实社会生活的作品,它以“直赋其事”的创作手法,歌颂为国献身的阵亡将士,表现出极为强烈的爱国主义思想情感。《礼魂》则与《东皇太一》相呼应，描写了祭祀活动的结束。《九歌》中包含了战国时代楚地的文学、艺术、哲学、政治、经济以及社会风俗等方面的丰富信息，有着深广的社会内容。同时，它所塑造的人物形象鲜明，性格突出，并能以丰富的艺术语言，表现出或热烈欢快，或哀婉缠绵，或严肃庄重，或幽远凄切的不同格调和境界。作品充满了神异瑰玮的色彩，呈现出鲜明的浪漫主义特色。

与《九歌》不同，《九章》之“九”乃是实有9篇作品：即《惜颂》《涉江》《哀郢》《抽思》《怀沙》《思美人》《惜往日》《橘颂》和《悲回风》。这一组作品在创作风格上以现实主义手法为主，且各自独立成篇，内容不相联系。很可能是刘向在编辑屈原作品时，将非一时一地之作的散篇合为一卷，取名“九章”的。朱熹即以为：“屈原即放，思君念国，随事感触，辄形于声。后人辑之，得其九章，合为一卷，非必出于一时之言也。”(《楚辞集注》)《九章》的内容如下：《惜颂》者，“惜其君而颂之也”(洪兴祖《楚辞补注》)；《涉江》为屈原被流放途中，以借景言情的表现手法，抒发屈原的深广忧思和坚贞不屈的战斗精神，被认为是《九章》的代表作；《哀郢》“哀故都之弃捐，宗社之丘墟，人民之离散，顷襄之不能效死以拒秦，而亡可待也”(王夫之《楚辞通释》)；《抽思》抒写郁结于心中的愁绪；对《怀沙》的篇名含义历来有不同的理解，但篇中表达的意思是明白无误的，它充分反映了屈原至死不渝的爱国情怀；《思美人》和《惜往日》两篇不但命题方式相同，其内容也有相通之处；《橘颂》是《九章》中唯一的咏物诗，作者托物言志，巧妙地表达了自己“深固难徙，更壹志兮”的坚强决心；而《悲回风》与其他篇章均不相同之处，即在于它摒弃了叙事成分，通篇都是作者思想感情的独白。

《远游》一篇，最为人疑为伪作。但据姜亮夫先生的考证，“推敲《远游》产生的社会思潮；分析《远游》的思想内涵及表现手法；比较《远游》与屈赋文风的相同；查语法音韵使用的内在规律……等，《远游》为屈原所作的论点彰然无疑了”。他甚至认为，“《离骚》是中年前后的《远游》；而《远游》则是垂老将死时的《离骚》”(《<远游>为屈子作品定疑》)，此说颇值得参考。屈原在《远游》中超然物外，出没于空灵、虚幻的神话世界，在无限的空间和时间中漫游，似乎得到了极大的精神自由，其实只不过是在穷途末路时无可奈何的逃遁与超脱。本篇的写作，与《离骚》有异曲同工之妙，作者“深惟元一，修执恬漠。思欲济世，则意中愤然，文采铺发，遂叙妙思，托配仙人，与俱游戏，周历天地，无所不到”(王逸《楚辞章句》)。《远游》被称为后世游仙诗之祖。

《招魂》和《大招》两篇皆“外陈四方之恶，内崇楚国之美”(王逸《楚辞章句》)以招唤亡魂，所以不仅在内容上相通，而且在形式上也相仿佛。故此，后世学者们多认为只有《招魂》才是屈原的作品，而《大招》为宋玉或景差对《招魂》的仿作。但也有学者如清人林云铭、蒋骥、黄文焕、屈复、胡文英、陈本礼及近人陈子展等力主其皆为屈原之作，所不同者，《招魂》为自招，《大招》为招怀王之魂。其说理据两足,言之凿凿,亦足为一家之言。“两招”行文耀艳深华,想象瑰玮奇特,既描述了宫廷的奢华,也表现了民间歌舞的盛况。作者借此烘托环境,渲染气氛,充分表达了对祖国极端热爱的深挚情感。

《卜居》和《渔父》虽有韵律,却更近于散文,因此人们认为它们是由楚辞向赋体转变的过渡性作品。前者表达了积极进取的精神,大概作于早期;后者明确表示了“宁赴湘流,葬于江鱼之腹中”以保持节操的坚定信念和决心,可能作于自沉之前。

屈原之后最重要的楚辞作家是宋玉。虽然从整体上说,他的作品在思想内容和艺术形式诸方面都不能与屈原相比,但在某些方面他也取得了一定的文学成就,对后世产生了较大影响,所以后人常以“屈宋”并称。

宋玉的生平事迹见于史料的很少,大都是一些片断的记载,生卒年不详。大致可以肯定的是,他是楚人,与屈原同时而稍后。他能言善辩,好辞擅赋,渴望有所际遇,在政治上有所作为,但终生怀才不遇,始终不过是楚王的文学侍臣。其后不知所终。他的作品,据《汉书·艺文志》记载,有“赋十六篇”。在其作品的真伪和归属问题上,历来也存在着较大的分歧。能得到大多数学者承认的仅有一篇《九辩》。《昭明文选》所载的《高唐赋》《神女赋》《登徒子好色赋》《风赋》《对楚王问》等作品,自清代被崔述指为伪作,而后屡被人否定是宋玉的作品。但否定者难以提出确凿证据,似乎持肯定意见的学者更占了上风。一般认为,这些作品中较为重要的篇章如《九辩》《高唐赋》《神女赋》《登徒子好色赋》《风赋》等,不仅自汉以来多被认定为宋玉的作品,而且在文学史上已形成一种情感传统或者说心理定势,诸如悲秋、托梦、云雨、神女、辨风、论舞等,已成为历代文人所表现的传统主题或者所模拟的范式。

“汉武好骚,淮南作传”。由于最高统治者的喜好,历代对《楚辞》进行专门研究的大有人在。自从淮南王刘安以来,两千年中对屈原其人以及《楚辞》的思想内容和艺术特色的研究绵延不绝,以至形成一门专门的学问。据洪湛侯等所编《楚辞要籍解题》统计,有关这方面的专著现存235种。至于单篇散论见于各书及刊物者更是数量繁多,不可胜计。最为著名的专著有[汉]王逸《楚辞章名》、[宋]洪兴祖《楚辞补注》、朱熹《楚辞集注》、[清]王夫之《楚辞通释》、蒋骥《山带阁注楚辞》、戴震《屈原赋注》,近现代有梁启超《屈原研究》、游国恩《楚辞概论》、闻一多《楚辞校补》、郭沫若《屈原研究》、刘永济《屈赋通笺》和姜亮夫《屈原赋校注》等。

（蔡赓生）

《陶渊明集》陶渊明

魏晋时代是中国思想文化急剧变迁的时代。当时的文人莫不“指礼法为流俗,目纵诞以清高”。竞尚浮诞,驰骋玄理,专事清谈。这种社会风气反映在文学创作上,便是士族文人讲究堆砌词藻典故,内容空泛,形式主义倾向严重。“建安文学”之后,中国进入了一个文学贫困的时代。

然而,在这样的时代,有一位诗人,如奇葩独放,以其鲜明的色彩和新颖的风格,一洗往日积垢,为文坛注入新的血液,使之焕发出新的生命和活力,这位诗人便是陶渊明。

陶渊明,名潜,字元亮。自幼生活在浔阳柴桑(今江西九江西南)一个风景秀丽的山村。“少无适俗韵,性本爱丘山。”大自然中的一草一木、一山一水在他青少年时代的心灵中留下了深深的印痕。在这奇山异水之间,陶渊明“历览千载书”,不忘勤读诗书,为他以后的文学创作奠定了基础。

陶渊明30岁始步入仕途,做过小官,但他对官场上尔虞我诈、互相倾轧的作风深恶痛绝,曾几次仕而归,归而仕。最后在彭泽这个凋敝小邑的短暂任职上,他因不愿为五斗米折腰,即日解绶去职。从此,他告别仕途,返璞归真,走入山水田野之中,开始了“不以躬耕为耻”的幽居生活。直到这时,他的精神才得到彻底解放。正如梁启超所言“渊明在官场里混那几年,像一位‘一生儿爱好是天然’的千金小姐,强逼着去倚门卖笑。那种惭耻悲痛,真是深刻入骨。一直到摆脱过后,才算得着精神上解放。”(《陶渊明之文艺及其品格》)

从彭泽归来,幽居山村的陶渊明开始了一种全新的生活。日日与山泉为友,以孤松为伴,弹琴读书以消忧,著文赋诗以示志。经常与乡曲邻里聚集一堂,欣赏妙章,彼此切磋,亲密无间。“邻曲时时来,抗言谈在昔,奇文共欣赏,疑义相与析。”“春秋多佳日,登高赋新诗,过门更相呼,有酒斟酌之。”正是通过与乡曲邻里的交往,使陶渊明对山水田园、风土民情有了真切的了解,吟诵出一首首清新隽秀的山水田园诗,开创了中国古典诗歌的一个重要流派。南朝钟嵘称陶渊明为“古今隐逸诗人之宗”。

历代诗评家都好以“任真自得”来概括陶渊明的神采风韵。他的一生,确实是以“任真”自期自许、自高自傲地走过来的。对人世间的事他都一任自然,泰然处之。文如其人,陶渊明的诗文创作也处处显出其“真”。一任情之所至,意到笔随,无不成真切自然的妙文,仿佛晴空中的彩云,舒卷自如。朱熹称陶诗“所以为高,正在不待安排,胸中自然流出”(《朱子语类》卷一百四十)。他抒归田之欣喜,就高歌“久在樊笼里,复得返自然”;叙相聚的欢乐,就吟咏“相思则披衣，言笑无厌时”；写荆轲的愤怒，则曰“雄发指危冠，猛气冲长缨”；诉对不幸者的同情，即语“流泪抱中叹，倾耳听司晨”。总之，他的喜怒、爱憎都无所掩饰地写入作品。从不雕词琢句，镂月裁云，绝无矫揉造作，像一个纯真的孩童把自己一片赤诚之心捧献给读者。他的诗篇看上去古朴无华，读起来却琅琅上口、铿锵悦耳、震人心弦。

《陶渊明集》中的诗歌，从题材与内容上大体可以分为田园诗、咏怀诗、哲理诗三类。田园诗约30首左右，数量虽少，却是中国田园诗的奠基石。诗人笔下的田园，紧张繁忙，生气勃勃。陶渊明的田园诗既充满现实人生的悲欢离怨，又不流于消极颓唐，给中国古典文学宝库提供了幅幅绚丽多彩的农村画面。诗人写田园村落：“方宅十余亩，草屋八九间，榆柳荫后檐，桃李罗堂前。暧暧远人村，依依墟里烟；狗吠深巷中，鸡鸣桑树巅”。描绘广阔的田野：“平畴交远风，良苗亦怀新；虽未量岁功，即事多所欣。”吟读此诗，眼前仿佛展现一幅清风徐来，禾苗竞秀，绿波荡漾，生意盎然的风景图画。写乡村中早出晚归的劳动生活：“种豆南山下，草盛豆苗稀。晨兴理荒秽，带月荷锄归。道狭草木长，夕露沾我衣。衣沾不足惜，但使愿无违。”诗中仿佛可以看到一位肩荷锄头、头顶明月，从多露的荒径缓缓走来的老农，栩栩如生。写与邻里乡亲共同生活，相互交往：“野外罕人事，穷巷寡轮鞅。白日掩荆扉，对酒绝尘想。时复墟里人，披草共来往。相见无杂言，但道桑麻长。”这种事简人静,彼此无拘无束,以诚相见的人际关系与官场上讲究繁文缛礼、实则倾轧残杀相比,判若天地。一般人认为平淡、枯燥的耕读生活,在陶渊明笔下,却显得如此充实、美好,诗情画意,风神摇曳。

陶渊明的田园诗,常常把景、情、理三者巧妙结合,达到浑融深厚的艺术境界。在陶渊明笔下,飞禽走兽、花卉草木无不饱含着强烈的思想感情。同时,诗人又善于寓情于理,把自己对人生、对现实的深刻认识形象化,把诗情与哲理紧密结合起来。如《饮酒》诗其五:“结庐在人境,而无车马喧。问君何能尔?心远地自偏。采菊东篱下,悠然见南山。山气日夕佳,飞鸟相与还。此还有真意,欲辨已忘言。”诗中景、情、理三者水乳交融,互相渗透、互相衬托,无论你从哪个角度欣赏,都能领会到不同的奇趣,让读者沉入无穷的联想,得到美的享受。古今评论家都认为这是赞美隐居的清幽闲适生活的千古绝唱。

1949 年以来,《桃花源诗》(并序) 作为陶渊明的代表作品,几乎没有一篇关于评价陶渊明的文章不提到它。如果说陶渊明其他田园诗是现实农村生活的客观描绘,《桃花源诗》则是理想农业社会的彩色油画。梁启超说:“陶渊明的《桃花源诗序》正是浪漫派小说的鼻祖,那首诗自然也是浪漫派的绝好韵文。”(《中国韵文里头所表现的情感》)《桃花源诗》描写的是一个没有君主,没有剥削,自耕自食,自由平等的东方乌托邦。它是陶渊明探索人类美好未来的结晶。尤其是诗序《桃花源记》以其思想与艺术的卓越成就，影响早已超过正文《桃花源诗》，成为一件独立成篇、脍炙人口的珍品，是中国古代散文中素负盛名的作品。

《陶渊明集》中占主导地位的是咏怀诗。陶渊明作为一个生逢乱世、怀才不遇的文人，他的出仕与归隐、希望和失望、痛苦和欢乐，都真实地反映在其咏怀诗中。他的田园诗使我们看到一个平淡冲和的隐士风采，他的咏怀诗则使我们看到陶渊明“金刚怒目”式的一面。鲁迅先生早就指出陶诗中“除论客所佩服的‘悠然见南山’之外，也还有‘精卫衔微木，将以填沧海，刑天舞干戚，猛志固常在’之类的‘金刚怒目’式，在证明他并非整天整夜的飘飘然。这‘猛志固常在’和‘悠然见南山’的是一个人。倘有取舍，即非全人，再加抑扬，更离真实”(《且介亭杂文二集·“题未定”草六》)。

陶渊明少时即具有热情奔放的性格和“胸中吐万丈长虹”的壮志。“少时壮且厉，抚剑独行游。谁言行游近？张掖至幽州。”“忆我少壮时，无乐自欣豫。猛志逸四海，骞翮思远翥。”这字里行间，跳跃着一个风华正茂的少年书生的身影。然而诗人后来仕而归，归而仕，经历了一系列的痛苦和辛酸的人生历程，使他内心充满了无言的痛苦，于是他“无夕不饮酒”，采取以酒浇愁或长歌当哭的方式来忘却和发泄他心中的愤懑。“平生不止酒，止酒情无喜。暮止不安寝，晨止不能起。”以至嗜酒终身，甚至临终前还在抱恨“饮酒不得足”。他的诗文也几乎“篇篇有酒”，这在中国诗史上是前所未有的事。

但是诗人并不是整天醉醺醺、飘飘然。“他于世事也并没有遗忘和冷淡。”(鲁迅《魏晋风度及文章与药及酒之关系》)在他晚年，他以饱满的热情写下了30多首反映政治现实的光辉诗篇。《咏荆柯》绘声绘色，气壮山河，真可以感天地、泣鬼神。清龚自珍便由衷地赞叹曰：“陶潜诗喜说荆轲，想见《停云》发浩歌。吟到恩仇心事涌，江湖侠骨恐无多。”(《杂诗》)又如《读山海经》组诗(十三首)，诗中借神仙荒诞之论，发其悲愤不平之慨，让蕴藏在心灵深处的感情烈火像火山一样爆发出来，尽情地倾诉了久郁心中的反抗情绪。这些“火气”十足的诗篇，充分证明诗人胸中始终燃烧着一股不灭的火焰，一种对“猛志”的向往。他俯仰宇宙，上下古今，涌若海立，屹若剑飞，表现出诗人性格上极其豪放的一面。朱熹称：“渊明诗，人皆说平淡，余看他自豪放，但豪放得来不觉耳。其露出本相者，是《咏荆轲》一篇，平谈底人如何说得这样言语出来。”(《朱子语类》)这是很有见地的。

陶渊明还在哲理诗的创作上作了大胆尝试。魏晋时那种“理过其辞，淡乎寡味”的玄言诗垄断诗坛，但流传下来的作品却寥寥无几。而陶渊明的哲理诗以其浓郁的情趣与深刻的哲理，在诗史上大放光彩。其中的名言警句，都具有一种高远的哲学意境，沁人心脾，余味无穷。

陶渊明的哲理诗融合着诗人丰富的感情。“盛年不再来，一日难再晨。及时当勉励，岁月不待人。”珍惜人生的思想饱含着诗人壮志未酬、前途可畏的强烈激情，警策动人。陶诗的哲理又往往是从现实中领悟而来，从不空谈玄理。“人生无根蒂，飘如陌上尘。分散逐风转，此已非常身。落地为兄弟，何必骨肉亲。”深入浅出，形象地说明了“四海之内皆兄弟”的道理。他的哲理诗，从不板着面孔说教，而是跟读者促膝谈心式地讲道理：“有生必有死，早终非命促。昨暮同为人，今旦在鬼录……”娓娓道来，像唠家常一样，让你完全忘记了他是在表述自己委运任化的人生观。

陶渊明的辞赋和散文在魏晋时期也是首屈一指的。流传至今的《归去来兮辞》和《桃花源记》都是掷地作金石声的千古绝唱。

陶渊明继承了汉代辞赋结构恢宏、气势磅礴与魏晋辞赋短小精悍、纤丽严密的优点，走上清新自然、朴素平淡的道路。《归去来兮辞》开篇从决计归田叙起，接着写启程舟行，抵家见闻，扶策涉园，农事西畴，结以永不复仕之旨。环环相扣，剪裁取舍，恰到好处，语言朴素自然，找不出雕琢的痕迹。宋代散文大师欧阳修谓晋无文章，只此一篇。

陶渊明的散文清新隽永，如同高卧六月北窗下，散步五柳衡门前的诗人一样，潇洒落拓，悠然自得。无论叙事抒情，都以意尽而后快。行文如行云流水，造语精到之至，如大匠运斤，不见斧凿之痕。除了素负盛名、千古不衰的《桃花源记》外，还有寄托作者个人理想和志趣的抒情散文《五柳先生传》，至今人们仍诵吟不绝。

陶渊明在中国古代散文史留下了光彩夺目的一页，对后代散文发展产生了深远的影响。

魏晋两代的文学以华丽的骈文著称，陶渊明平淡自然、“田家”味颇浓的诗文，自然不会被时人视为佳品。东晋一代就鲜有文字论及陶渊明的诗文。直到南朝萧统搜集陶渊明的诗歌、辞赋、散文，为之编集作序，陶渊明诗名才渐渐兴起。至唐宋时声名大震，推崇其人其文的作家很多。李白、杜甫这样的大诗人对他的为人和艺术才能也十分欣赏。白居易对陶诗更是爱不释手。“亭上独吟罢，眼前无事时，数峰太白雪，一卷陶潜诗。”（《宫舍小亭闲望》）

宋代文人对陶渊明的推崇更是无以复加。苏轼说：“吾于诗人，无所甚好，独好渊明之诗。”（《与苏辙书》）爱国诗人陆游早在十三四岁时，因一偶然的机会接触到陶渊明作品，便如饥似渴地读了起来，乐以忘食，深夜不止。朱熹对陶渊明的文章也深为佩服，视之为古今第一流高士。可以说，陶渊明的诗歌，无论从思想上，还是从艺术上都远远超过与他同时代的很多诗人。在中国文学史上占有重要的地位。影响了一代又一代的文学家，直到今天。

陶渊明的作品，在国外也有广泛的流传。陶渊明的诗文，很早就流传到了朝鲜。朝鲜文学家许筠、朴厚享便深受陶渊明田园诗的影响，写了许多与陶诗风格颇近的诗文（《中朝文学的传统友谊》，载《文艺报》）。陶渊明和日本文学更有密切的关系。公元8世纪左右来华的日本留学生和学问僧把陶渊明作品带回日本，广泛流传。日本著名诗集《万叶集》里有些作品,就深受陶诗的影响。如《防人歌》是在陶渊明的《五柳先生传》的基础上创作的。《杂歌》《挽歌》更是仿效陶诗《杂诗》《挽歌》的作品。(小岛宪之《古代日本文学与中国文学》)正如大矢根文次郎所指出的:“长期以来,陶渊明的作品在日本一直有着重大的影响。日本各个时期的艺术家都极为推崇陶渊明清高、贞洁的人格,十分爱好他的作品,在艺术上接受过陶渊明的熏陶,从中汲取了丰富的养分。陶渊明作为一个典型的东方诗人,他的作品在日本有着强大的生命力。”(《陶渊明研究》)

《陶渊明集》自宋、元后,刊布甚多。加上评注屡出,因此版本也有很多种。《陶渊明集》的异文也就特别多。胡仔《苕溪渔隐丛话》引《蔡宽夫诗话》云:“渊明集世既多本,校之不甚其异,有一字而数十字不同者,不可概举。”现在流传的各本,大都是直接间接出自北宋的宋庠本。集中四五言诗共占四卷,其中第三、四卷略有编年痕迹。清陶澍曾考证《陶渊明集》原来“必有自定之本”,并认为“自定之本,其目以编年为序”。《新唐书·艺文志》载:“《陶渊明集》五卷,亡其录。”所谓“录”就是目录,可知原来本有目录一卷,至唐才亡,以后遂致凌乱失序,无从勘定了。现在我们要想完全恢复《陶渊明集》原本的编排次序已十分困难。今天的《陶渊明集》只能按作品考证的时代先后作大致的编年排列了。

(成德宁)

《王右丞集》王维

中岁颇好道，晚家南山陲。兴来每独往，胜事空自知。行到水穷处，坐看云起时。偶然值林叟，谈笑无还期。

——王维《终南别业》

这是一首为历代诗评家盛赞不已的佳作。清人赵殿成认为："此诗造意之妙，至与造物相表里。岂直诗中有画哉！观其诗，知其蝉蜕尘埃之中，浮游万物之表者也。"(《王右丞集笺注》)这首诗的作者，就是"诗名冠代"的盛唐诗人王维。

王维(700 — 761 年)，字摩诘，山西祁县人，少年时随父迁居到蒲(今山西省永济县)。他是盛唐时期最重要的诗人之一。有人认为："诗总不离乎才也，有天才，有地才，有人才。吾于天才得李太白，于地才得杜子美(杜甫)，于人才得王摩诘。太白以气韵胜，子美以格律胜，摩诘以理趣胜。太白千秋逸调，子美一代规模，摩诘精大雄氏之学，句句皆合圣教。"(《而菴说唐诗》)这里把王维同李白和杜甫这二位"诗仙"和"诗圣"相提并论，可见其地位之高。王维的诗歌以描写山川景物和田园生活著称，是我国山水田园诗的代表人物之一。

8世纪中期发生的“安史之乱”是唐朝盛衰的分界线，以此为界，可把王维的一生分成前后两个时期。

年轻时期的王维“少年识事浅，强学干名利”，热衷于在功名仕途上进取。他和弟弟王缙很早就离开家乡，到当时的西京长安和东都洛阳活动。他能诗善画，才艺俱佳，深得上层社会的青睐，是王公、驸马和权贵之家的座上客。21岁考中进士，由于精通音乐，被任命为大乐丞。不久因下属不谨慎，私自表演了专为皇帝排练的黄狮子舞受牵连，被贬到济州任司库参军。在济州，他结交了不少虽有才能但在政治上失意的人。虽然我们对他在济州的具体活动了解不多，然而从他的诗中仍可看出这时他牢骚满腹，郁郁不乐。

开元二十一年前后，王维重新回到长安做京官。这得力于当时的宰相张九龄慧眼识英才。从《献始兴公》中可看出王维事先拜访过张九龄。他毛遂自荐愿为张驱策：

宁栖野树林，宁饮涧水流。不用食粱肉，崎岖见王侯。鄙哉匹夫节，布褐将白头。任智诚则短，守仁固其优。侧闻大君子，安问党与雠。所不卖公器，动为苍生谋。贱子跪自陈，可为帐下不？感激有公议，曲私非所求。

从诗中可以看出，王维想做官的心情是何等迫切！他首先表白自己有气节，然后盛赞张九龄高风亮节（始兴公是张九龄的封号），“不卖公器”“为苍生谋”，最后才说出自己的来意：“贱子跪自陈，可为帐下不？”表示愿为张效犬马之劳。

王维虽然得到张九龄的帮助，但此时张自己也是“泥菩萨过江，自身难保”了。统治阶级上层的斗争日趋激烈，张九龄遭到排挤，被免去宰相职务，贬为荆州长史。王维失去靠山，心情极为沮丧。他自感前途无望，动了归隐山林的念头。他在一首诗中写道：

所思竟何在，怅望深荆门。举世无相识，终身思旧恩。方将与农圃，艺植老丘园。目尽南飞燕，何由寄一言！

——《寄荆州张丞相》

但一件事打消了他归隐的念头。唐玄宗开元二十五年，唐朝在西北击败吐蕃。王维时任监察御史，奉命到前线犒军。沿途那与中原山水迥异的边塞风光大大开阔了他的眼界，他诗兴大发，对祖国壮丽的山川秀色赞叹不已，因政治上受挫而产生的抑郁之气也一扫而光，完全沉醉在雄伟粗犷的大自然之中了。他的边塞诗充满了热情奔放之气：

单车欲问边，属国过居延。征蓬出汉塞，归雁入胡天。大漠孤烟直，长河落日圆。萧关逢候骑，都护在燕然。

——《使至塞上》

类似的诗如《陇西行》《观猎》《少年行》等，还有很多。

劳军以后，王维留在边城任河西节度使幕中判官之职。开元末回京担任殿中侍御史，不久又被派到襄阳主持"南选"考试，使他得以饱览祖国南方的秀山丽水。他在一些诗句中勾勒出南方山河的绚丽景象：

楚塞三湘接，荆门九派通。江流天地外，山色有无中。郡邑浮前浦，波澜动远空。襄阳好风日，留醉与山翁。

——《汉江临眺》

回到长安以后，王维的思想突然发生了重大变化。他似乎已看破红尘，对政治采取不闻不问、敷衍应付的消极态度。此时他对佛学和老庄产生了浓厚的兴趣，变得消极无为，逐渐归隐于大自然。他表白自己的处世态度是："孔宣父云：我则异于是，无可无不可。可者适意，不可者不适意也。君子以布仁施义、活国济人为适意，纵其道不行，亦无意为不适意也。苟身心相离，理事俱如，则何往而不适？"(《王右丞集笺注》)此时的王维早已失去早年那种"强学干名利"的政治抱负了。

此后王维经常住在山庄别墅中，日以山光水色自娱。反映在诗歌上，就是不少诗篇流露出高蹈出尘的思想，充满着留恋山水、悠然自得的情调，所写景物也多属静态之美，失去了前期诗歌中昂扬向上、振奋人心的激情。

虽然王维不干世事，可世事却来干预他的生活。775 年(玄宗天宝十四年)安史之乱发生，第二年叛军攻下长安，王维被俘，被迫当了伪官。叛乱平定后虽然无罪释放，并授太子中允，后迁太子中庶子、中书舍人、给事中等官职，但经历这次变故以后，王维思想变得更加颓唐。他常常在退朝之后，在家中念佛做善事，很少咏颂山水诗了。《旧唐书》中说，王维在长安，每天宴请十几个高僧，畅谈佛教哲理，常常在退朝以后，烧香念佛。他晚年的生活，大致如此。几年后，这位诗人在念佛声中与世长辞了。由于他曾任尚书右丞之职，后人称他为"王右丞"。

王维一生作诗很多，其中尤以山水诗、田园诗和边塞诗为最精美。苏轼说："味摩诘之诗，诗中有画；观摩诘之画，画中有诗。"(《苏轼文集》)现在，"诗中有画"已经成为公认的王维诗歌的独特风格。这种风格的形成，实得力于两大因素：

首先，王维不仅擅长作诗，而且还十分精通美术和音乐。他的画在当时是相当有名气的。他以善画山水人物著称，体裁广泛。他的山水画酷似盛唐画家吴道子。王维也很以此自负。他曾写有《画学秘诀》一文，纵论山水画之风格，见解精到。他的音乐功底也相当深厚。传说他曾因演奏自己谱的曲子《郁轮袍》而得到一个公主的赏赐。由于能歌善绘，王维在创作诗歌时，就会比较细致地感受到大自然美妙的景色和神奇的音响，并将它们融入诗中，使诗歌音调和谐优美，从而形成了"诗中有画"的艺术特色。

其次，王维艺术特色的形成得力于前代作家作品的影响。他的一些诗格调朴素，深受《诗经·国风》的影响。他还常用西汉司马迁杰作《史记》中的一些题材作为创作素材。对他影响最大的，要算屈原的《楚辞》和东晋田园诗人陶渊明的作品。

王维的一些诗歌如《登楼歌》《送友人归山歌》等骚体诗，采用了《楚辞》的创作形式，但意境有所加强。

王维常自比为陶渊明。有人认为："右丞、苏州(韦应物)，皆学于陶，王得其自在"(《后山诗话》)。王维和陶渊明的田园诗对后世都有深刻影响。二人的区别在于：陶诗重白描，王诗长彩绘；陶诗长于写景，表现生活感受，王诗长于情景交融，着力表现山川景物。

和王维同时代长于描写自然景物的诗人还有孟浩然、储光义、裴迪、祖咏、卢象、邱为等，他们都与王维有很深的交往，并形成一个诗歌流派——山水田园诗派。在这个流派中，王维和孟浩然的成就最高，时人以王、孟并称。二人各有特色："王诗丰缛而不华靡；孟却专心古澹，而悠远深厚，自无寒俭枯瘠之病。"(《麓堂诗话》)意思是说，王诗丰润而富有生气，孟诗古朴而意味悠长。不过综合起来看，王诗成就高于孟诗。

王维的诗歌中成就最突出的是山水田园诗。这些诗多作于后期半官半隐时。

描写农村风光的田园诗有10首。王维曾说自己在蓝田躬耕，过着日出而作，日落而息的生活："屏居蓝田，薄地而耕。岁晏输税，以奉粢盛。晨往东皋，草露未晞。暮看烟火，负担来归。"(《酬诸公见过》) 很是悠闲自得。一些诗还描写了农村生活的安静祥和："杏树坛边渔父，桃花源里人家"(《山中乐》之三)；"牛羊自归村巷，童稚不识衣冠"(《山中乐》之四)等。虽然诗中反映的农村生活有不真实的嫌疑，但是从整体而言，这些诗是清新优美的。王维田园诗中的代表作是《赠裴十迪》《渭川田家》《春中田园作》等。

代表王维诗歌顶峰的是山水诗。在他的如花妙笔下，高耸入云的崇山，波湾滚滚的大河，都有宏伟的气魄。《终南山》和《汉江临眺》堪称这方面的代表作。描写幽静景色的有《桃源行》《青溪》《归嵩山作》等。在王维的笔下,无论什么景色,都写得形象生动,鲜明突出,不但显露出不平凡的外貌,而且每一处景物都仿佛具有灵魂和感觉。王维把山水写活了。

王维还把自己的感受融于山水诗中,如"行到水穷处,坐看云起时"(《终离别业》);"松风吹解带, 山月照弹琴"(《酬张少府》)等,给人以人和自然融为一体的感觉。

正由于此,王维的山水诗受到很高的评价。旧时文人称王维为"诗佛",意即他将佛教思想和诗歌融为一体。从唐代的司空图到清代的王渔洋都十分推崇王维的诗,认为富有"神韵"。《终南别业》得到的评价最高,被认为有"一唱三叹不可穷"之妙(《王右丞集笺注》)。

王维的边塞诗成就也大。《从军行》《陇西行》《使至塞上》等诗再现了前方将士英勇杀敌的情景。

一部分描写妇女生活的诗对后世也有很大影响。其中的《息夫人》等诗反映了受压迫的妇女的状况,具有一定的现实意义。

当然,王诗中也不乏格调不高的作品。一些歌功颂德的应制诗和奉迎权贵的唱和诗价值不大。一些空谈佛教玄理的诗,令人不忍卒读。

王维的诗文集在唐代宗时由王缙整理出来,共10卷。历经五代、北宋,内容不变。到南宋时,出现不同版本,有的质量低劣,今并不存。

今存宋本王维诗文集共两种。一种是南宋麻沙本《王右丞文集》,诗分类不分体。由于《送梓州李使君》中有"山中一半雨"句,异于他本"山中一夜雨",又称"山中一半雨"本。另一种是《王摩诘集》,诗分体,这种版本今存北京图书馆。

元朝初年,有《须溪先生校本王右丞集》6 卷本传世。明朝时的顾可久注本就是直接以这个版本为基础注释而成的,顾起经笺注本中诗的部分引用了这个本子的一些评语。清人赵殿成将这个版本分成 14 卷,又增补了一些诗文,形成 15 卷本。《四部丛刊》影印本中有这个本子。1504 年吕夔也曾予以刊刻。

1559 年和 1590 年,顾可久注《王右丞诗注说》6 卷刊行于世,称"句吴本"。

1556 年顾起经《类笺唐王右丞集》14 卷问世,书末附有王维年谱,称"武陵本"。

1737 年赵殿成《王右丞集笺注》刊行。赵殿成,字松谷,浙江仁和人。雍正四、五年间开始撰写《笺注》,雍正六年草成初稿,直到乾隆初年才最后定稿并付印,历时约 10 年之久。此书为王维诗文集大成之作。此书一出,众书因之逊色。

《王右丞集笺注》共 28 卷。卷一至卷十四专收诗,卷十五是诗外编,卷十六至卷二十七专收文章,卷二十八论画。最后是三个附录:一、诗评,二、画录,三、年谱。

赵书注释详尽，征引丰富，释文准确。赵殿成本人对唐代礼仪、地名、官制、名物等素有研究，常有心得。

赵殿成注王诗时，下笔谨慎，不穿凿附会。他把这作为注释的原则，只注典故、名物、地理和官制，不作讲解，也不分句串讲。偶有一些评语，也侧重分析艺术结构或全诗结构，和一般笺注书不同。

对于疑难问题，赵殿成决不轻下断语，强作解释。遇到把握不大的问题，他也只提供参考资料，供读者深入研究之用。这种严谨的学风，值得称赏。

赵注中也有一些问题。有的该注的没有注，征引典故时，常不追溯本源，有的注释有误。不过瑕不掩瑜，赵注的成就是主要的。

1961 年中华书局上海编辑所出版了叶葱奇校点的《王右丞集笺注》，极便阅读，可参看。

王维的诗歌在唐代就已广泛流传。《河岳英灵集》选诗起自开元二年，终于开元十二年，选编者认为当时的杰出诗人，首推王维。《云溪友议》载："(李)龟年曾于湘中采访使筵上唱'红豆生南国，春来发几枝。愿君多采撷，此物最相思。'又曰'清风明月苦相思，荡子从戎十载余。征人去日殷勤嘱，归雁来时数附书。'此辞皆王右丞所制，至今梨园唱焉。"

宋元以来，王维的山水诗尤其受到重视。由于山水画随着唐代山水诗的发展走向繁荣，其内容侧重于描绘隐逸生活，表达方式倾向于水墨。王维是画家中南宗的开山祖,他创立了水墨画法。所以随着水墨画的流行,王维的山水诗也自然受到推崇。王维也随之被称为山水诗的代表人物。

(吴宝晓)

《李太白集》李白

唐代，是中国历史上灿烂辉煌的时期，强大的唐王朝以其高度的物质文明和丰硕的文化业绩，在世界文明发展的历程中，树立了巍巍丰碑。当人们满怀激情回首这令人神往的时代，自然就会将一个震撼人心的名字——李白，与唐帝国的声威联系起来，唐代的文化孕育培养了李白，李白又恰好从一个方面反映出了盛唐的丰采。

李白，字太白，自号青莲居士。生于武后长安元年(701年)，卒于代宗宝应元年(762年)，祖籍陇西成纪(今甘肃天水附近)，生在中亚的碎叶城，成长在四川彰明县青莲乡(今四川江油县)。李白幼年时不仅受到儒家经籍的教育，而且也读过六甲和百家等。年轻时，好剑术，轻财任侠，善作诗赋，情趣丰富；20岁前后，漫游蜀中，登青城，攀峨眉，在秀美而嵯峨的山川风光中陶冶着性灵；26岁时，仗剑去国，辞亲远游，开始了一个新的漫游而兼求仕途的时期，荆楚两湖、中原大地、吴越江南，都留下了他的足迹。一方面恣情快意于自然美景，一方面也寻机推荐自己以求仕达，实现“申管晏之谈，谋帝王之术，奋其智能，愿为辅弼，使寰区大定，海县清一”的政治理想。天宝元年，李白时年42岁，终因道士吴筠推荐，被唐玄宗召赴长安。初到长安，深受太子宾客贺知章的赏识，一时名重。然而，此时的李隆基已经不是一个励精图治、雄姿英发的皇帝，一心只想做个专事享乐的“太平天子”，故对李白的任用，不过是要他当一个歌功颂德、消遣逸兴的御用文人。李白抱负高远，自不甘屈居权贵膝下，结果遭奸佞谗毁，在君王面前渐失恩宠。在长安三年的生活，使他认清了皇帝用己的实质和宫廷中的丑陋，于是自动辞去翰林之职，离京远飏，再度开始了漫游的生活。在洛阳结识了杜甫，成为心心相印的知交。此后便北涉燕赵，南游江浙，往来齐鲁，游住梁宋。此时期，他生活窘迫，然而仍自信乐观，对政治理想始终保持追求的热情。由于生活的经验，加之社会日趋黑暗，他的作品现实揭露性愈来愈强，反抗精神洋溢渗透在作品之中。安史之乱后，李白由宣城避地剡中，不久隐居庐山。次年冬(756年)，永王李璘以率师抗敌平乱之由，坚请李白出山参加幕府。不料，李璘争夺帝位的野心暴露，被其兄唐肃宗李亨所灭。李白也蒙冤下狱，后被判处流放夜郎(今贵州桐梓县)。公元759年，沿长江西行，赴夜郎，行至巫山，遇大赦，得以自由，又回到浔阳(今江西九江)，后又到当涂。宝应元年，62岁的李白，病逝在他的族叔当涂县令李阳冰处，在飘泊和穷困中走完了人生之路。李白虽然一生没能在仕途上飞黄腾达，没有创下轰轰烈烈的政治伟绩，然而，他却给后世留下了一笔宝贵的精神财富——《李太白集》,他那些彪炳千秋的诗篇,为世世代代中国人所吟诵。历史舍弃了一个可能大有作为的政治家,却塑造了一个代表中华民族精神的千古不朽的伟大诗人。

李白一生写下了诗文1000多首(篇),收入《李太白集》(又名《李太白全集》)中。从唐代开始,李白诗文集就开始由人编辑面世,到了宋代,就有了相对完备的李白诗文集的两个系统,一是诗20卷文10卷的乐史所编《李翰林集》本,一是宋敏求编、曾巩重编的30卷本的《李太白文集》。目前通行的《李太白集》是由清代雍正乾隆年间著名学者王琦辑注的《李太白全集》。这是一部集历代之大成的李白诗文辑注。此集以宋杨齐贤注、元萧士赟补注的《分类补注李太白诗文》为底本,又辑以逸诗逸文,附以各种参考资料而成,分36卷,其中古赋1卷,古诗1卷,乐府4卷,古近体诗19卷,杂文4卷,诗文拾遗1卷,共收诗文1110首(篇),附录6卷,系王琦辑录的各种资料及年谱等。这是一部穷作者半生之精力,数十年专心致志辑注的、显示了很高水平的书。详尽的注释,精彩的名物语词的解释,平正通达的评解,对李白佚文佚诗的苦心搜集整理,都不愧为"集大成"这一称号。此书于乾隆二十三年(1758年)初刻,后又重印。1977年中华书局出版了校点排印本《李太白全集》,后附有篇目索引,方便适用。

李白一生致力于诗歌的创作,现存诗900多首。这些诗从不同的方面，表现了他一生的思想和经历，也表现了盛唐时代的社会现实和精神生活面貌。

李白所处的时代，是唐帝国发展的鼎盛期，空前繁荣的经济文化，创造的进取开拓的时代精神，使李白胸怀济苍生、安黎民以求“海县清一”的政治理想。他以古代的吕尚、范蠡、乐毅、鲁仲连、诸葛亮、谢安等叱咤风云的人物为榜样，显示出了关注国家现实和命运，渴望建功立业为国效力的崇高精神和远大抱负。他高唱并自信“天生我材必有用”，从青年到晚年，始终心怀入世之志；“俱怀逸兴壮思飞，欲上青天揽明月”“长风破浪会有时，直挂云帆济沧海”，期望以自己的才智为国家的“天人宴安、草木蕃殖”“弃末返本、人和时康”贡献力量，甚至在晚年还打算从军，在沙场上一展身手，将碧血丹心敬献给国家。从屈原以来的中国文学家的爱国主义传统和儒家的积极入世的参与意识，在李白的诗歌里得到了继承，显示出了中国文人极其可贵的一面；同时，这一豪迈的气势，又折射出了一个强大国家和繁荣社会特有的自豪感、使命感，展现了积极进取的盛唐时代的社会精神风貌。

然而，实现理想并不像李白所想象的那样顺利，在行路难、难于上青天的时代，他一生抑郁，很不得志，于是他以桀骜不驯的个性，以老庄思想为武器，向庸俗的社会和昏庸的权贵发出了挑战之音，以布衣的骄傲向王侯展现出了抗衡的气势。在“风吹兰花折，日没鸟雀喧”的不合理社会政治现实中，他大呼“大道如青天，我独不得出”;并以独立的品格,发出“安能摧眉折腰事权贵,使我不得开心颜”的沉重感慨;他嘲笑迂腐的儒生,蔑视不学无术却青云直上的奸佞小人,他“黄金白璧买歌笑,一醉累月轻王侯”,他揭露政治的腐败,将骄奢淫逸的上流社会的种种丑陋诉之笔端,显示出了与统治者决裂不合作的浩然正气。这些诗歌,充满了对自身价值的肯定和对自我力量的信心,闪射出了光彩照人的人格光辉;追求自由,张扬个性,浩荡恣肆,傲岸不群。这是李白诗歌的重要魅力所在。他把浪漫的气质与任侠精神、道家思想结合起来,将愤世嫉俗、批判礼教与返归自然的思想结合起来,把蔑视权贵与不倦地追求个人自由和个性解放结合起来,虽然有时不免有悲吟,有哀叹,有颓唐,有隐逸江湖的消极性,但整体上仍散发着朝气蓬勃、奋发向上的精神。入世与出世、立功立言与退隐山水思想的交织,构成了李白丰富多彩、错综复杂的情感世界。

李白自己说过:“五岳寻仙不辞远,一生好入名山游。”在他的诗篇中,有许多是游历名山大川之作,其中有一些诗和他求仙学道的生活又有密切的联系。写山川自然,在李白那里,不仅仅是出于对大自然的热爱,而且也是他追求自由、酷爱个性解放的思想投影。在这些诗里,少有宁静的丘壑、幽雅的林泉,鲜见小桥流水、淡月疏星,更多的则是奇峰绝壑,奔腾的大河,飞流的瀑布。这些雄伟奇险的山川,奔流浩荡的江河,既展现了大自然壮阔雄奇的崇高美,又内在地契合了他那叛逆不羁的心性,同时又隐含了他对理想的追求。像《梦游天姥吟留别》《蜀道难》等诗，就证明了这一点。

李白诗歌的内容十分丰富，几乎涉及到了当时知识分子所能接触到的社会生活的各个层面。李白给后世留下的诗已经成为我们了解认识他所处时代的宝贵材料，并给中华民族提供了一笔极其珍贵的精神文化财富。他笔下创造出的充满活力的鲜明形象，境界独特异军突起的对大自然的讴歌，积极的浪漫主义创作方法，诗体建设方面的重大贡献，在文学史上乃至在文化思想史上都有着不可替代的地位。诚如皮日休所说："言出天地外，思出鬼神表，读之则神驰八极，测之则心怀四溟，磊磊落落，真非世间语者。"

李白的影响是多方面的。他继承陈子昂的改革主张，反对"梁陈以来，艳薄斯极"的形式主义文风，复兴风雅比兴传统，继承屈赋的优秀品格，创造了一代新诗风。张扬个性、崇尚自我的品质，不"拘挛而守常"的独特个性，忧国忧民的忧患意识，叛逆反抗的批判精神，对中国文学的传统形式和文人的精神影响都是无法否认的事实。不仅如此，他创造性地从《诗经》、屈赋、汉魏六朝乐府和文人创作中吸收营养，将古诗中的五七言诗的创作推到一个新的高度，对后世文人更有不可忽视的巨大影响。他豪放的气魄，"清水出芙蓉，天然去雕饰"的追求清新自然风格的艺术理想，产生的影响更是不可低估。唐代的韩愈、李贺、杜牧，宋代的欧阳修、苏轼、辛弃疾、陆游，明代的高启，清代的黄景仁、龚自珍，都曾从李白的诗歌中汲收了艺术营养，发展了我国古典诗歌的浪漫主义传统。到现代，一些著名诗人如郭沫若、闻一多等人也都在李白的诗歌中找到了新诗的历史根据。

千余年来，李白不但以其瑰丽雄奇的诗歌为人们所热爱，而且以其人格精神为世人所敬重。在人们的心目中，他是一位飘然不群、遗世独立的天才诗人，在民间流传着他的许多传奇般的故事。笑傲王侯，让高力士脱靴结袜，杨贵妃捧砚磨墨的故事广为传颂；人们尊他为“诗仙”“酒仙”，把他斗酒诗百篇的故事讲述得美妙动人；人们说他是“太白星”转世，是“岁星”下凡，“锦心绣口，明月肺腑”；说他腰生“傲骨”，因此敢于蔑视权贵而不折腰；连李白的死，也被人们神化和美化成一个神奇而迷人的故事：有人说“李白著锦袍，游采石江中，傲然自得，旁若无人，因醉入水中捉月而死”；有人说“采石月下逢谪仙，夜披锦袍坐钓船。醉中爱月江底悬，以手弄月身翻然。不应暴落饥蛟涎，便当骑鲸上青天”。捉月而去也好，骑鲸离世也好，在这神奇美丽的故事中，寄托的是人民对李白的热爱之情和割舍不下的深沉真挚的怀念。

李白已成为中华民族的历史英雄和文化英雄。人们爱戴李白，因此，凡李白足迹所至之地，都留下了人们追思纪念他的遗迹。难以计数的太白祠、太白酒楼、太白书堂、太白读书台、太白亭、太白岩、太白山、太白湖遍布中国。唐代以后的画家们，也喜以李白事迹为题材，如《李白脱靴图》《李白泛月图》《李白扁舟图》《李白还山图》《李白独酌图》《李白醉归图》。根据李白事迹和传说编写的文艺作品也不少，戏曲有《太白醉酒》，小说有收入《警世通言》中的《李谪仙醉草吓蛮书》。确实，在中国文化史上，像李白那样在民间留下众多历史遗迹和远久传说的作家并不多。李白的名字已超越诗人，成为中华民族文化精神的某种象征，他以其卓越的人格和天才的诗篇在中国人心中竖立起了一座永不磨损的文化丰碑。

李白对后世中国知识分子的影响同样巨大。唐之后的士大夫们从李白张扬个性、独立不羁的人格精神中汲取力量，化为向封建正统挑战的行动，尤其是在那些恃才傲世、狂放独立、追求个性自由的文人中，影响更大。像明代力图挣脱复古束缚的“狂简”之士祝允明、唐寅，敢非难礼教具有反叛思想的“异端之尤”的李贽，都视李白为楷模，大加推崇。宋代苏轼说李白“戏万乘若僚友，视俦列如草芥”。朱敦儒也说“诗万首，酒千觞，几曾着眼看侯王”。明王渼登赞美李白时也这样说道：“沉酒至尊之前，啸傲御座之侧；目中不知有开元天子，何况太真妃、高力士哉！”清代叶燮对李白的豪放之气更是推崇有加：“观白挥酒万乘之前，无异长安市上眠时，此何如气也……历观千古诗人有大名者，舍白之外，孰能有是气呼！”可见，李白的人格精神，对后代文人心性气质的影响是多么深远，又是何等深刻！

李白的影响已超越了国界,走向了世界。李白的诗为更多的外国人士所熟悉、所喜爱。今天,世界各大百科全书都收有李白的辞条,且评价极高。如美国大百科全书中李白的辞条是这样写的:"李白与杜甫是世界公认的产生于中国的伟大诗人,他们的优美诗歌给人以无穷的美感享受。"

李白是中华民族的优秀儿子,是中华民族的骄傲。韩愈说得好:"李杜文章在,光焰万丈长。"李白的诗,随着时代的推移,将愈加显示出永恒不朽的魅力。

(何锡章)

《杜工部集》杜甫

杜甫是唐代最伟大的诗人之一，也是中国文学史上光照日月、经天行地的天才诗人。他留给后世的诗篇，以其丰富的社会内容、鲜明的时代色彩和强烈的忧国忧民的爱国主义精神，以及崇高的自我牺牲的人格，在中国文学史上占有极其重要的地位。故自唐以下，他的诗被公认为“诗史”，他自己也被人们奉为“诗圣”。

杜甫(712–770年)，字子美，生于河南巩县南瑶湾村，即今河南巩县旧县城东二里许的瑶湾村。杜甫出生于一个“奉儒守官”的家庭，其十三世祖杜预乃西晋名将；十世祖杜逊，于东晋初年南迁襄阳，是为襄阳杜氏的始祖；他的祖父杜审言，武则天时官膳部员外郎，其诗为时所重；杜甫的父亲杜闲曾为兖州司马和奉天县令。这是一个历代为官的家庭，在当时享有不纳租税、不服兵役等特权。特定的家世出身和重诗的家风，对杜甫的政治态度和诗歌创作都产生了一定的影响。

杜甫一生可划为四个时期。35岁前，为读书壮游期。诗人从小“好学”，幼年便开始吟诗，阅读各种书籍。从20岁起，开始了为时10年以上的"壮游"。先南游吴越,后北游齐赵,先后结识了李白、高适等人,且与李白结下了情同手足的深厚友谊。此时期,他接触了祖国丰富的文化遗产和壮丽的河山,生活的视野扩大了,胸怀宽广了,为其早期诗歌带来了浓厚的浪漫色彩。从35岁到44岁的10年间,杜甫困守长安,满腔政治热情遭到冷遇,"致君尧舜上,再使风俗淳"的政治抱负被奸相权贵无情轰毁,屈辱的生活经历,饥寒交迫的贫困现实,使他选择了积极入世之路。生活磨砺着杜甫,但也为一个伟大的现实主义诗人的出现提供了契机。此时期他写出了像《兵车行》《丽人行》《赴奉先咏怀》等杰出诗篇,"穷年忧黎元",艰难的生活造就了一个具有强烈忧国忧民意识的诗人。从45岁到48岁,杜甫的生活进入了陷贼与为官的时期。安史之乱造成国家危机,人民灾难深重,诗人也历尽艰险。逃难、被叛军所俘,种种经历,诗人哀痛悲愤,深为国家前途担忧。后诗人冒险逃出,觐见肃宗,被任命为左拾遗。官不大,位置重要,是为近臣。就任不久,因上疏营救房琯,触怒肃宗,险遭不测,后又被贬,离开长安。政治仕途的失意,为杜甫的诗歌创作开辟了广阔的现实主义道路。著名的《三吏》《三别》便写于此时期,诗里洋溢着高度的人民性和感时伤怀的爱国精神,他的诗在此时达到了新的高度。从49岁到逝世,杜甫在漂泊西南的坎坷生活中,度过了他生命的最后一个时期。764年,严武重镇蜀,荐杜甫为节度参谋,检校工部员外郎(后人因此称他为"杜工部")。在漂泊的11年间,他关心人民疾苦，心系国家前途，同时努力创作，写下了一千多首诗。像《茅屋为秋风所破歌》《闻官军收河南河北》《秋兴》等诗，已成为千古绝唱。768年，杜甫思念家乡，乘舟出三峡，在湖北、湖南等地奔波漂泊。770年冬，死于由长沙到岳阳的一条破船上，走完了自己的人生之路。

《杜工部集》是杜甫作品的总集。早在杜甫死后不久，樊晃就编过一本《杜甫小集》，收诗文290篇，此后，各种杜甫诗文集的传抄本甚多，但皆有散乱不齐亡缺讹误之弊。于是，宋代王洙在宋仁宗宝元二年(1039年)，收集了“古本二卷、蜀本二十卷、集略十五卷。樊晃序《小集》六卷、孙光宪序二十卷、郑文宝序《少陵集》二十卷、别题小集二卷、孙僅一卷、杂编三卷”，共九种八十九卷，删去重复篇目，定为1405篇。其中古诗399首，近体诗1006首，分为18卷；又收录杂文赋等29篇，编为2卷，共20卷。定名为《杜工部集》。其中古诗、近体诗分别按时代先后大致排了顺序，“起太平时，终湖南所作，视居行之次与岁时为先后”。这是杜甫死后所编的第一个完整的杜甫诗文集，它收罗了当时可收到的全部杜甫诗文，后代各本虽有所增减补遗，但基本上都是以此本为基础。此本最早刻本是1059年王琪、何瑑、丁修、裴煜校订的苏州公使库本，现已不存；今天可见到的最接近原刻的《杜工部集》，是南宋初年浙江翻刻本残帙和经过吴若补益校订的绍兴三年(1133年)建康府学刻本残帙。中华书局1949年前编辑的《四部备要》中所收的

《杜工部集》,根据的是吴若本的直接后裔玉钩草堂本,中华书局上海编辑所于1957年单独影印了该本。

在《杜工部集》中,诗是主要的,因此,杜甫创作的思想内容也主要体现在诗歌中。杜甫在艰难困苦、四方飘零的生活际遇中,将其思想情感倾注在诗歌里。他的许多诗作深刻反映了当时社会生活的面貌,故人们称杜诗为"诗史",尊奉诗人为"诗圣"。现存的1400多首诗,是诗人所处时代环境的真实反映,是诗人自身遭遇的真实记录。他以"穷年忧黎元,叹息肠内热"(《赴奉先咏怀》)的深情,沉郁的笔调,从不同角度,艺术地再现了特定历史时期的社会面貌,以儒家"民为邦本、本固邦宁"的民本思想为基础,表达了诗人的社会理想及其对现实的深刻认识,其诗反映社会历史生活的广度及深度,在杜甫同时代乃至整个中国文学史上的诗人中,能与之比肩的极为鲜见。

杜诗中的一个显著内容,是广泛地反映了社会生活,几乎涉及到了当时社会生活的主要层面。所谓"浑涵汪洋,千汇万状",即指所涉内容的广阔性。他反映了人民的痛苦生活,始终关注着人民的苦难。他写战火中的一个人、一个家庭的悲惨际遇;写一个村庄、一个县饱受战乱之祸的破败与萧条;他写政局、写战争,甚至写重大战役;写兵役与租税给人民带来的深重灾难,一草一木,一村一人,都寄托着诗人忧国忧民的情怀。诗人像一位历史的见证人,引导我们超越时间的限制,去感受、认识那个时代的种种社会生活现实。在诗人笔下,既有"妇啼一何苦"的血泪声声,又有"朱门酒肉臭,路有冻死骨"的贫富不均的不合理现实;既有"幼子饿已卒"的饥荒,又有"暮婚晨告别"的痛苦别离;既有"四万义军同日死"的血腥疆场,又有"千村万落生荆杞"的破败荒凉。在《悲陈陶》《哀江头》《羌村》《北征》《洗兵马》《悲青板》《三吏》《三别》等一系列具有高度人民性和爱国精神的诗篇中,无不充满了对战乱的谴责与批判,和对人民苦难的深切关注。与此同时,他不仅在诗里,为民请命"谁能叩君门,下令减征赋!"(《宿花石戍》)甚至在梦里都希望休养生息,让人民得到安宁:"安得务农息战斗,普天无吏横索钱!"(《昼梦》)而且他还大胆揭露上层统治者的昏庸以及他们骄奢淫逸、纸醉金迷的生活。作为一个奉守儒家理想的诗人,忠君是无法改变的思想,但出于对国事的忧虑和对人民的热爱,他终于走出了愚忠的行列,对上层统治者甚至是统治阶级的最高代表皇帝,也敢予以揭露,在《兵车行》《自京赴奉先咏怀五百字》等诗里,毫不隐讳地将君王及其官僚阶级穷奢极欲、荒淫放纵的生活与祸国殃民的现实结合起来,对穷兵黩武的君主给予了辛辣讽刺。杜甫始终与国家共命运,他的喜怒哀乐以国家的存亡盛衰为转移。战乱使他悲愤欲绝,战事平息他则欣喜若狂,手舞足蹈;他告诫人民参加平叛,不要以一人之安宁为安宁、一家之幸福为幸福,要以国家为重。这种思想情感,直到诗人生命最后一刻都未改变。临终之际,他念念不忘的是国家,是人民。杜诗之所以受到人们的喜爱，杜甫之所以受到人民的普遍敬仰，正是因为他诗中的人民性和爱国精神，以及他正直不阿、嫉恶如仇的崇高人格。

在杜诗中，始终洋溢着火一样的热情，这种热情构成了杜诗内容的又一鲜明特色。纵观杜甫一生，仕途坎坷，从未得意，然而他没有沉沦，没有颓唐，始终以诚挚的热情和深厚的爱对待生活，故梁启超先生不称杜甫为“诗圣”，而称之为“情圣”：“中国文学界笃情圣手，没有人比得上他，所以我叫他做情圣。”(《杜甫研究论文集》第1期)斯评极是。对国家对人民他倾注了强烈的爱，对妻室儿女，弟妹亲朋也一样充满诚挚的爱，即使在一些写景咏物的诗里，感情也是浓得化不开。像《春望》中的“感时花溅泪，恨别鸟惊心”，如无真情，绝难写出；再如《春夜喜雨》，把春雨写得有知有情而且有德，其实反映的正是诗人对雨的渴望。正是凭着对国家和人民的挚爱以及对生活的执著，对理想的不懈追求，杜甫才能从个人家庭的不幸际遇中解脱出来，将个人命运汇入广阔的人生。正是火热的爱使他的胸襟博大，视野开阔，写出《茅屋为秋风所破歌》中的“安得广厦千万间，大庇天下寒士俱欢颜，风雨不动安如山”这样洋溢着希望与理想的诗句。

杜甫一生足迹遍历大半个中国，中年以后流离在秦蜀荆湘之间，因此，他的许多诗也真实地记载了各地的民情风物，这是杜诗中不可忽视的内容。如初到秦州的《秦州杂诗》20首以及由秦川至蜀的纪行诗24首，描写一路行经之地的风土形胜，历历如绘，凡所经过，皆可按图寻索，不失其序，故前人有“杜陵诗卷是图经”的赞词。晚年困居夔峡，漂泊湘沅，所作《负薪行》《最能行》《岁晏行》等，对当地少数民族和妇女的生活习俗，也有许多有价值的描写。

杜甫的影响是深远的，衣被文坛，远非数代，至今仍以其天才的诗艺和崇高的人格精神影响着中国的文化、中国人的精神，尤其是对知识分子的影响，自唐以降，更是重大。

正式称杜甫为“诗圣”，大约是明代的事，最早出于明代前期的陈献章。到明末时，《杜臆》作者王嗣奭在其《梦少陵作》诗中有“青莲号诗仙，我翁号诗圣”的诗句，可见那时称杜甫为“诗圣”已得到广泛认同。其实，最早对杜甫重视并作出高度评价的是唐代的元稹。他在为杜甫所写的墓系铭中说：“至于子美，盖所以上薄风骚，下该沈宋，言傍苏李，气夺曹刘，掩颜谢之孤高，杂徐庾之流丽，尽得古今之体势，而兼人人之独专矣。”(《杜工部墓系铭》)但由于社会原因，虽有韩愈、白居易、元稹等人的揄扬，终未得到广泛普及，社会影响也不很大。到了宋代，杜诗受到了重视。北宋初年，王禹偁这位“文章冠天下”的诗人，成为杜甫的崇拜者，并引起了更多人对杜诗的爱好和高度评价。于是，宋祁、王安石、黄庭坚、秦观等人纷纷写诗作文，力赞杜诗。而且，一些人开始搜集整理杜诗，先后出现了各种研究性和资料汇编性的专书。元明两代，大量选杜本出现，到清初，一些人集前人研究之成果，出现了高水平的专著。千余年来，治杜之风，未曾衰减，仅专著即不下二三百种，各种评论更不可胜数。千百年来，享此殊荣，唯杜一人。崇杜风尚，绝非偶然。除了杜诗深广的内容外，集大成的诗歌艺术，无体不备、无体不工的艺术特色，沉郁顿挫的艺术风格，都是使后世诗人推崇备至的重要原由。中唐以来，许多诗人都从杜诗中汲取养分而成名家。孙仅说："公之诗，支而为六家；孟郊得其气焰，张籍得其简丽，姚合得其清雅，贾岛得其奇僻，杜牧、薛能得其豪健，陆龟蒙得其赡博。"(《读杜工部诗集序》)其实，从杜诗中获益的远非上述诸人，韩愈、白居易、李商隐都从杜诗中得到营养；到了宋明，学杜崇杜的风气更成时尚，诗人们一往情深，心向往之。学杜已成后代诗人的不退减的情愫。可以说，后世的现实主义诗歌都吸纳了杜诗的源头活水。

杜诗中体现出的高度的爱国精神，不仅在文学史上对爱国主义主题发生了重大影响，而且在历史上对爱国主义情感的培养也发挥了积极的作用，从而影响了一批以天下国家人民为重的爱国诗人和民族英雄。陆游是一个伟大的诗人，更是一个伟大的爱国主义者，而陆游受杜诗的影响是非常明显的。他从杜诗中领悟到"诗出于人"的道理，明白了"工夫在诗外"的真谛，从而纠正了他早年学诗"但欲工藻绘"的形式化偏差，创作出了可歌可泣的爱国主义诗篇。民族英雄文天祥，一生酷爱杜诗，在燕京坐牢的三年间，更是专读杜诗，并集杜诗为五言绝句200首，说是"但觉为吾诗，忘其为子美诗"(《文山先生全集》卷十六《集杜诗自序》)。可见文天祥从杜诗中感受到了爱国主义的人格力量。清代学者、爱国诗人顾炎武也从杜诗中得到鼓舞启发,“天下兴亡,匹夫有责”的名句所体现出的爱国情怀与杜甫的思想是一脉相承的。至于后世在各地修起的杜工祠、杜甫草堂和各种纪念性建筑,更说明了杜甫影响的广泛性。可以说,杜甫诗所展现出的人格精神和文化倾向,已成为中国文化的一部分,对中国知识分子文化心理和人格的影响是明显的。

杜甫的文化声誉已成为世界性共识。自 15 世纪下半叶朝鲜翻印《杜诗谚解》以来,世界上许多国家用不同文字出版了杜甫以及研究杜甫的著作,研究者也日渐增多。正因为杜甫的文化贡献,1962 年他被定为世界文化名人,其影响跨越国界,遍及全球。

杜甫是不朽的。他是中国的骄傲。

(何锡章)

《昌黎先生集》 韩愈

《昌黎先生集》,乃唐代文学家、哲学家韩愈的全集。韩愈死后,由门人李汉所编。

韩愈(768-824年),字退之,孟州河阳(今河南孟县)人,祖籍昌黎(今属河北),故世称韩昌黎;晚年任吏部侍郎,人称韩吏部;卒后溢"文",又称韩文公。韩愈的七世祖韩茂有功于后魏,封为安定王,故愈乃北魏贵族后裔。愈三岁而孤,由长兄韩会抚育,随兄播迁韶岭(今属广),会卒后,由会妻郑氏鞠养。愈七岁读书,十三岁能文。自称"非三代两汉之书不敢视,非圣人之志不敢存"(《答李翊书》),又说"前古之兴亡,未尝不经于心也;当世之得失,未尝不留于意也"(《与凤翔邢尚书书》)。由此可见韩愈在究心古训的同时,还十分关注当世现实情况。从唐贞元二年至贞元八年(787——792年)在京师应试四次,始考取进士。三试博学鸿词科不中后,离开京师,先后在汴州董晋、徐州张建封幕府担任推官。因职小位卑,沉沦下僚,郁郁不得志。直至贞元十八年(801年)复至京师,擢升为四门博士,才吐气扬眉。此后累官监察御史、国子博士、东都分司、河南令、职方员外郎、比部郎中、史馆修撰、考功郎中、考功知制诰、中书舍人、行军司马、潮州刺史、袁州刺史、国子祭酒、兵部侍郎、吏部侍郎、京兆尹兼御史大夫等职。唐长庆四年(824年)病逝于靖安里第,享年57岁。韩愈一生的功过得失,历来毁誉相参。苏轼在《潮州韩文公庙碑》一文中概括韩愈一生的行迹时说:“文起八代之衰,而道济天下之溺;忠犯人主之怒,而勇夺三军之帅。”这一结论是平实公允的。韩愈一生的业绩,虽然表现在“文”“道”“忠”“勇”四个方面,但“文起八代之衰”,居四者之首,其主要成就是在文学方面。

汉代以前,中国的文章主要是奇句单行的散文。到了汉代,则有“铺采摛文”的辞赋盛行于世。西晋时期,又盛行“绮縠纷披,宫徵靡曼”的骈文,要求字句骈四俪六,平仄辘轳交往。到了南朝,在梁陈绮靡文风的影响下,这种骈文发展到“竞一韵之奇,争一字之巧;连篇累牍,不出月露之形;积案盈箱,唯是风云之状”的地步。更何况“世俗以此相高,朝廷据兹擢士;利禄之途既开,爱尚之情愈笃”(《隋书·李谔传》)。这种“俗下文字”,虽然对文章的修辞技巧和表达方式有所创造和提高,但内容与现实愈拉愈远,骈俪藻绘之风愈演愈烈,终于成为表达思想、抒发感情、摹形状物、反映现实生活的桎梏。

在骈文的鼎盛时期,甚至更早,就萌发了对立的复古思想。太康时期夏侯湛仿《尚书》而作《昆弟诰》以抵制骈文;北魏时期又有宇文泰提倡复古以排斥骈俪;南朝的刘勰则标举“征圣”“宗经”,为唐代古代运动的“文以明道”张本。隋文帝以帝王之尊,强令天下“公私文翰,并宜实录”。而初唐的王勃、杨炯、陈子昂、刘知几,中唐的萧颖士、李华、元结、独孤及、柳冕等人,则都是反对形式主义文风的斗士。韩愈以前反骈倡古代不乏人,为什么直到韩愈生活的贞元、元和年间才形成一个“运动”呢?程千帆在《唐代进士与行卷》一书中是这样解释的:

第一是古文作家应举时,虽然遵照功令,必须以时文——甲赋、律诗应试,却往往以古文行卷。他们希望通过这种双管齐下的办法,达到既取得了功名,又推行了古文的目的。第二是当他们登第为官以后,逐渐上升为当世显人时,便又凭借其社会地位来鼓励后进之士也走他们的道路,并且利用回答后进之士向他们行卷以请求提拔和教益的机会,大力宣传自己的那一套文学主张。这乃是韩愈等人当时进行文学斗争所运用的基本策略。这种策略显然是有效的。

这种策略之所以“有效”,原因在于它适应了时代的需要。“安史之乱”以后的中唐时代,唐王朝的中央集权,不仅在政治、经济方面被削弱了,而且维系王权的儒家伦理纲常体系也逐渐瓦解。朝野上下的忧国之士,希望通过重振儒家学说,作为维护中央集权的思想武器。而宣传儒家思想的最好工具又莫过于散文,于是古文运动便在儒学复古的思潮中应运而生了。换句话说,古文运

动是“中衰”了的唐代社会在文化上的需求。韩愈则是这一运动的旗手,他的主要贡献在于:

第一,建立了古文的理论。他第一个明确地提出和阐释了“文以明道”的理论。他认为学古文是为了学古道。他在《题欧阳生哀辞后》中说“学古道则欲兼通其辞,通其辞者,本志乎古道者也”。

第二,解决了“文”与“道”的关系问题。他大力探讨了“文”的艺术属性,把写古文提到艺术创作的高度。他以“文”来明“道”,又从卫道的角度来重视“文”。道是目的,文是手段;道是内容,文是形式。因之比较正确地解决了“文”与“道”的关系问题,重新确定了散文的作用与地位。

第三,培养了一批古文作者。韩愈好为人师,是当世毁愈的内容之一。柳宗元在《答韦中立论师道书》中记叙当时的情况说:“今之世,不闻有师,有辄哗笑之,以为狂人。独韩愈奋不顾流俗,犯笑侮,收召后学,作《师说》,因抗颜而为师……愈以是得狂名。”这种“奋不顾流俗,犯笑侮”“抗颜而为师”的行动,是魄力与勇气的表现。《新唐书·韩愈传》亦称韩愈“成就后进士,往往知名。经愈指授,皆称‘韩门弟子’”。正因如此,才培养和团结了一批古文作者,使之成为开展古文运动的中坚力量。

第四,以古文创作的典范来改变文风。今本《昌黎先生集》中,散文作品的数量占三分之二,且题材广泛,有政论、书启、赠序、杂说、祭文、墓志、表状、传奇等,文笔流畅,气势奔放,“如长大河,挥浩流转”(苏洵语)。文中多用长短不一、参差不齐的句式,造成波澜起伏的文势,形成散文的特有节奏感,具有典范性,充分显示了韩愈古文的创作实绩。

韩愈病殁于长庆四年冬天,门人李汉“收拾遗文”编成《昌黎先生集》,应是唐宝历元年(825 年)的事。李汉在《昌黎先生集序》中说:

> 收拾遗文,无所坠失。得赋四、古诗二百一十、联句十一、律诗一百六十、杂著六十五、书启序九十六、哀词祭文三十九、碑志七十六、笔砚《鳄鱼文》三、表状五十二,总七百,并目录合为四十一卷,目为《昌黎先生集》,传于代。

从李汉所列内容,实有散文 331 篇,古近体诗 385 篇,共有 716 篇,而“总七百”者乃概而言之。

今传本, 有《四部丛刊》《朱文公校昌黎先生文集》40 卷,《外集》10 卷,《遗文》1 卷,附朱熹《考异》和王伯大《音释》。《四部备要》有《昌黎先生集》,分卷与丛刊本相同,是明人徐时泰刊本,附宋廖莹中辑注,另增清人陈景云的《韩集点勘》,纠正了廖注错误,是个较好的本子,商务印书馆 1958 年有重印本。清末桐城派古文家马其昶(1855–1930 年)有《韩昌黎文集校注》,上海古籍出版社出有重印本。本书在文物训诂、名物制度、史实疏证各方面,都对旧注作了订证补充,对旧本文字也作了校勘,还选录了明清各家评语。今人钱仲联有《韩昌黎诗编年集释》,上海古籍出版社出有重印本。本书收录韩愈全部诗作,按年排列,搜罗广博,是目前较好的韩诗集本。

韩愈是唐代杰出的散文家。他的议论文在散文发展史上占有重要地位。其作品有宣扬儒道、排斥佛老的，如《原道》《原性》《论佛骨表》等；有针砭时弊、发泄不平之鸣的，如《原毁》《师说》《送穷文》《进学解》等；有宣传古文理论，阐述文学见解的，如《送孟东野序》《答李翊书》《与冯宿论文书》《送高闲上人序》。这类作品，逻辑严密，议论宏富，感情充沛，气势磅礴，最能体现韩愈散文风格，为后世所推重。

记叙文在韩愈的散文中也占很大比重。文中无论是记人还是记事，都很注意材料的选择，如《柳子厚墓志铭》，仅从文学、政绩和德行三方面落墨，准确生动地表现了柳宗元一生的业绩。他还使用《史记》的手法，通过语言、动作、细节以揭示人物的内心世界，刻画人物的性格，或慷慨悲壮，或寓庄于谐，笔墨酣畅淋漓，形象生动丰满，如《张中丞传后叙》《毛颖传》即属其类。

韩愈的抒情散文，或述骨肉之情，或叙朋友之谊，皆情发于衷，诚挚动人。行文时往往把真挚之情融化在叙事之中，使所抒之情更为含蓄而有韵味。如《祭十二郎文》抒写对亡侄的怀念，将骨肉深情，倾注于往事的回忆之中，哀婉动人，为祭文中的千古绝唱。又如《祭河南张员外文》《祭柳子厚文》，表现朋友之谊，患难之交，均是感染力强的佳作。

韩愈散文的语言丰富多彩，善从古代和当代语言中提炼新的语汇，准确、鲜明、生动，有很强的表现力和生命力。有些语汇一直流传到今天，成为现代汉语中的常用语汇。如“蝇营狗苟”“垂头丧气”“俯首贴耳”“摇尾乞怜”等，即其词例。

《昌黎先生集》中，收录韩愈的古近体诗三百余首，富有创作个性，向称大家。韩愈的诗对政治动乱、民生凋敝都有一定程度的反映。如《龊龊》《归彭城》写水灾，《赴江陵途中》写旱情，《宿曾江口示侄孙湘》写百姓困穷，均表现了对百姓苦难的同情和上陈人民疾苦的意愿。

山水之作，是韩诗中富有特色的篇什。如《南山诗》《送惠师》《送灵师》《此日足可惜赠张籍》《谒衡岳庙》《岳阳楼别窦司直》等诗，描写天台观日、瞿塘遇险、黄河夜渡、雾后登岳、洞庭风浪、华山绝径的天下奇观，在读者眼前展开了一幅幅壮丽的山河画卷。

韩愈的叙事咏物诗，刻画生动，描绘入微，寓意深邃，耐人寻味。《听颖师弹琴》《雉带箭》《短灯檠歌》等，即其诗例。

韩诗独辟蹊径，不蹈袭前人，欲从盛唐诗艺中走出自己的新路，故力求奇崛险僻，燏煌瑰丽，并且“以文为诗”，打破了近体诗的格律，以求得抒写上的“自由”。但这也在一定程度上损害了诗的形象性和音乐美。

《昌黎先生集》中的诗文，对后世文学发展的影响甚大，而古文方面的影响更为突出。晚唐的杜牧把韩文与杜诗并列，称之为“杜诗韩笔”。他在《读韩杜集》一诗中写道“杜诗韩笔愁来读，似倩麻姑痒处搔。天外凤凰谁得髓，无人解合续弦胶。”认为韩愈之文后世无人“续弦”，这并非溢美之辞。欧阳修在《记旧本韩文后》一文中谈到《昌黎先生集》盛行于宋初而感慨地说：

天下学者亦渐趋于古（指古文），而韩文遂行于世，至于今盖三十余年矣；学者非韩不学也，可谓盛矣！

呜呼！道固有行于远而止于近，有忽于往而贵于今者。非惟世俗好恶之使然，亦其理有当然者。故孔、孟惶惶于一时，而师法于千万世；韩氏之文，没而不见者二百年，而后大施于今。此又非特好恶之所上下，盖其久而愈明，不可磨灭，虽蔽于暂，而终耀于无穷者，其道当然也。

苏洵在《上欧阳内翰书》中亦盛赞“韩子之文，如长江大河，浑浩流转”。并称阅读韩文有一种“望见其渊然之光，苍然之色，亦自畏避，不敢迫视”的感受。苏轼对韩文的评价更具典范性，他称杜诗、韩文、颜书、左史都是“集大”之作。他在《潮州韩文公庙碑》一文中盛赞韩愈“文起八代之衰”，并誉之为是“参天地，关盛衰，浩然而独存”的不朽之业绩。诚如苏轼所言，韩愈的“古文”在反对“八代”（东汉、魏、晋、宋、齐、梁、陈、隋）以来的“今文”（骈文）的斗争中，起到了摧陷廓清、振衰救弊、力挽狂澜的作用，为中国古典散文的发展开辟了康庄大道。无怪明代茅坤在《唐宋八大家文钞》中，以韩愈冠首，这是卓有见地的。清代的桐城派古文家，继承“唐宋派”的古文传统，显然与韩文是一脉相承的。马其昶以 13 年的时间完成《韩昌黎文集校注》，足见其对韩文的研究之深。

对韩诗的评价，自北宋以来就有两种对立的意见。特别在“以文为诗”方面分歧尤甚。贬之者认为是押韵的散文；誉之者则称可与李、杜鼎足而三。平实论之，“以文为诗”的某些作品，亦有流畅平易之处，扩大了诗的疆域。但这种以古文句法所写的诗，多数有晦涩呆板、诘屈聱牙之弊，损害了诗的形象美，减弱了诗的感染力，其美学价值也就不能和李、杜之作相提并论了。

（秦惠民）

《白香山集》白居易

唐代是中国封建盛世，也是中国文学尤其是诗歌发展的高峰时期，诗人辈出，名家众多。李杜之外，白居易便是又一伟大诗人，他创作的诗篇和他的文学主张，对唐代新乐府运动起了重要推动作用；他遵循的现实主义创作方法，对后代文学尤其是诗歌产生了广泛的影响。

白居易(772——846年)，字乐天，晚居香山，自号香山居士，又曾官太子少傅，后人因称白香山、白傅或白太傅。原籍太原，祖上迁居下邽(今陕西渭南县)；白居易诞生在河南新郑，且在新郑度过了少年时代。其祖父白锽、父季庚皆以明经出身，皆任过官职，由此可知白居易出生于一个"世敦儒业"的中小官僚家庭。

白居易的青少年时代，有几年是在颠沛流离、食不果腹中度过的，因战乱，年少时便避难越中，贫困的生活使他接近了下层人民，这对他一开始诗歌创作就显示出现实主义特色有重要影响。青年时代的生活磨砺和苦学，使他才华崭露，诗才早熟。和多数文人一样，以读书求功名是学子的理想之路。唐德宗贞元十六年(公元800年),白居易考取进士,后授秘书省校书郎。唐宪宗元和二年(807年),授翰林学士,翌年被任为左拾遗。因他十分尽责,屡次上书请革除弊政,并为反对宦官吐突承璀做掌握兵权的“招讨宣慰使”,当面指摘唐宪宗李纯的错误,导致皇帝的愤怒,亏有李绛的救护,才免于罪处。正是这种勇于向腐朽势力斗争的精神支持着白居易写出了许多使“权豪贵近者相目而变色”、使“执政者扼腕”、使“握军要者切齿”的讽谕诗,其中《新乐府》50首和《秦中吟》等诗,题材广泛,锋芒咄咄,如利剑射向黑暗现实,影响非常大。

元和十年(815年),宰相武元衡被平卢节度使李师道派人刺死,白居易虽已改职为东宫赞善大夫,仍激于义愤,上书“急请捕贼,以雪国耻”,而当局深恶他僭越言事,并借其他理由加以诬陷,把他贬为江州司马,后改忠州刺史。元和十五年,唐穆宗李恒即位,白居易被召回长安为主客郎中,知制诰。他眼见穆宗不问政事,荒于酒色,大官僚内部相互倾轧,各结朋党,他不愿卷入官场尔虞我诈的漩涡,同时因他论河北三镇的奏疏不被采纳,便主动提出放外任的要求,后被任为杭州刺史。在杭州任上,他兴修水利,筑堤捍卫钱塘湖,泄引湖水,灌溉田亩千顷,做了不少有益地方人民的事。唐敬宗宝历元年(825年),白居易改任苏州刺史,本着“秉国权,治天下”的志向,曾提出一套全面的政治策略对当时社会实行系统改革,但因当权者的排挤和权力的限度,宏愿不得实现。在苏州他兢兢业业为人民做了些事,受到人民的爱戴。此后又历任秘书监、河南尹、太子少傅等职，于唐武宗会昌二年(842年)，以刑部尚书退休。会昌四年，特施散家财，开凿洛阳龙门八节滩以利舟民，成为当时闻名的一桩义举。晚年，诗人闲居洛阳履道里，作《醉吟先生传》，以醉吟为乐。修香山寺，自号香山居士。唐武宗会昌六年卒，享年75岁。遗命葬于洛阳龙门山，李商隐为之作墓碑。

白居易的诗文，收入《白香山集》中，此书又名《白氏长庆集》《白氏文集》《白居易集》。白居易生前很重视给自己的诗文编集，大约元和十年(815年)他在江州司马任上时，便编了第一个集子，这就是白集的初型。长庆四年(825年)冬，白居易的亲密好友元稹在会稽给白居易的诗文编了一个完整的集子，但此集所收作品乃白前半生所作。长庆四年之后，白居易自己又陆续对新作诗文进行编次：大和二年(828年)他在元编50卷之外续编了后集若干卷、《元白唱和因继集》若干卷以及与刘禹锡的唱和集若干集；大和九年(835年)，他重新编定了一个总共60卷收诗文2964篇的《白氏文集》；开成元年(836年)，他又补编了5卷，使《文集》增收诗文291篇；开成四年(839年)，他又编了一个67卷收诗文3487篇的《白氏文集》，后经增补；在会昌五年(845年)，即白居易去世前一年编的《白氏长庆集》，应是他生前最后敲定的文集。该集共75卷，诗文3840篇，包括前、后、续3集，共写了5部。但由于唐末五代战乱，白集仍然遭到了破坏焚毁，到宋代所见的白集与白自己编定的原本有了一些次第的不同。大体在北宋时,吴蜀两地的刻本篇目次第都经宋人重新编过。其中吴本一直流传了下来。今存有北宋绍兴年间所刻《白氏长庆集》71卷,藏北京图书馆,也属吴本系统。1955年,文学古籍刊行社曾影印了这个本子;1979年,中华书局又出版了顾学颉以此本为底本的校点排印本《白居易集》,这是时下最流行易得的版本。该集计71卷,分诗文两大部分。诗中"讽谕""闲适""感伤"各4卷,"律诗"23卷,歌行杂体2卷。文中有铭、赞、箴、谣、偈、奏状、中书制诰、翰林制诏等文34卷。另外集收诗86首,文23篇。

在《白香山集》里,我们不仅可以了解白居易的思想,还可窥视到他的文学理想以及丰富的诗文内容,更可感受到一个伟大的现实主义诗人给人们提供的艺术魅力。

白居易的思想以儒家思想为主导,又接受了道家和佛教思想的影响。儒家"达则兼济天下,穷则独善其身"的人格理想,是他立身处世的基本人生准则。他在《与元九书》中说"仆虽不肖,常思此语",且明确地宣布"仆志在兼济,行在独善,奉而始终之则为道,言而发明之则为诗。谓之讽谕诗,兼济之志也;谓之闲造诗,独善之义也"。这一思想,既是他安身立命、塑造自我人格的基石,又是支配他进行文学创作的根据。他的一生,大体上就是"兼济独善"相结合的一生。自入仕到被贬为江州司马前,是"兼济"为主的时期,治国平天下的儒家人生理想,使他以浓厚的政治热情,积极的态度“为民请命”,勇敢战斗,不怕牺牲,批判时弊。“勿轻直折剑,犹胜曲全钩!”(《折剑头》)“正色摧强御,刚肠嫉喔咿。常憎持禄位,不拟保妻儿。养勇期除恶,输忠在灭私。”(《代书诗一百韵寄微之》)此时期,他用诗进行斗争,写出了大量的讽谕诗,使之成为杜甫之后的又一伟大的现实主义诗人。诗人后期,尤其晚年,生活的折磨,使之锐气顿减,锋芒收敛,在无可奈何的现实面前,开始妥协、乐天知命,以致写出了大量的“感伤”和自娱的“闲适”诗,自然这类诗有不少仍有鲜明的社会内容,在艺术上也各具特色,但相对前期而言,批判的力量和改变现实的热情就显得微弱了。

与“兼济独善”的人生准则相适应,白居易的文学主张,就与他同情人民的政治理想、要求改革时弊的政治主张达到了一致。他以“兼济”的志向,为中唐的政治革新设计了一系列的方案,与元稹一起起草了著名的《策林》75首;他主张“酌人言,察人情,而后行为政”(《策林》六十九)。出于这一思想,他大力主张恢复周代采诗制度,实现下情可以上达的开明政治;他认为诗歌应继承《诗经》“比兴”“美刺”传统,反映现实生活,关心民间疾苦,自觉揭露政治弊端,达到“救济人病,裨补时阙”的目的。他提出了自己文学主张的纲领:“文章合为时而著,歌诗合为事而作。”(《新乐府》序)其意在“为君、为臣、为民、为物、为事”而作,不搞形式主义和艺术至上。这些思想,与中国文化中一以贯之的“经世致用”的价值观是高度一致的,体现了中国文人特别是文学家对国家、民族、社会、文化的责任感和积极的参与意识。这些文学主张，对于恢复和发展中国现实主义文学传统，使作家积极入世干预生活，推动社会变革都起了重要作用，具有鲜明的进步性。诚然，从文学的观点讲，白居易的文学主张也有偏狭处，对文学功能理解的简单化，把"唯歌生民病，愿得天子知"作为文学唯一或主要职能，使得文学政治化倾向更为严重，显然大大忽视了文学特有的性能。

白居易以诗得名，一生致力于诗的创作。他的诗，不仅让人了解到诗人自身的经历、思想、情感，而且还真实地反映了当时的时代面貌和广阔的社会生活，在一些诗篇中，还使我们聆听到来自人民的心声。

白诗可分为四类，一讽谕，二闲适，三感伤，四杂律。他本人最看重的是讽谕诗。这是他政治抱负的体现，也是他文学主张的实践。其中《新乐府》50首、《秦中吟》10首是有计划有组织有目的的优秀之作，"篇篇无空文，句句必尽规"，具有深刻的思想和丰富的内容。这类诗共170余首，取材广泛。有反映民间疾苦，暴露封建统治者横征暴敛罪恶的，如《观刈麦》《杜陵叟》《采地黄者》《重赋》和《卖炭翁》等；有反对统治者"穷兵黩武"的战争的，著名长诗《新丰折臂翁》就谴责了宰相杨国忠"为求恩幸立边功"而发动的征讨南诏的战争，而在《西凉伎》《城盐州》等诗里，则对置国家民族命运于不顾，贪图享乐邀宠固权的边防武将给予了无情揭露；有专为被压迫妇女鸣不平的，如《井底引银瓶》《母别子》《上阳白发人》

《陵园妾》《议婚》等;有批判封建贵族生活奢侈豪华的,如《红线毯》《买花》《轻肥》《歌舞》《伤宅》等;有批判社会上不正当的习俗的,如《海漫漫》《五弦弹》等。这些诗,充满了批判性,渗透着强烈的爱憎,洋溢着深厚的爱国主义精神。

讽谕诗外,最值得推重的是白居易的两篇著名长诗:《长恨歌》《琵琶行》。诗人把它们归入"感伤诗"一类。《长恨歌》对唐明皇荒淫纵情误国和杨贵妃恃宠娇媚导致战乱给予了讽刺与批评,并对他们生死不渝的爱情和"天长地久有时尽,此恨绵绵无绝期"的"长恨",寄以深切的同情和怜悯。《琵琶行》写的是一个独守空船、漂泊江湖之上色美艺高的名伎的寂寞与幽怨,反映了被压迫、被侮辱和被损害的弱女子的不幸遭遇,寄托了诗人对自身遭遇的感叹,表达了"同是天涯沦落人"的满腹酸楚。这两首诗,在内容和形式上都有其不可否定的力量,历代以来,传诵不衰,便说明其特有价值。

白居易的另三类诗,在思想内容方面,大体上可分为两种:一种是他中年在政治上受到挫折以后,以"知足保和""乐天知命"的人生哲学,感叹人生无常,主张及时行乐,且渗透着佛教、老庄的无为思想。另一种则反映了诗人的社会经历,抒发了他与亲朋之间的友谊和情感,描摹了大自然景物和美丽风光。

白居易的创作成就主要在诗歌方面,但他的文章写得也很精彩,在当时也曾受到推崇。元稹在《白氏长庆集》序中说"赋赞、箴戒之类长于当，碑记、叙事、制诰长于实，启奏、表状长于直，书檄、词策、剖判长于尽。”“当、实、直、尽”概括了白居易为文之风格特色。这种特色与韩愈、柳宗元发起的中唐古文运动的为文宗旨和文体要求又是一致的，因此，在散文文体改革的过程中，他是有功绩的，其散文作品也取得了一定成就。如他的《策林》75篇，识见卓著，议论风发，词畅意深，是追踪贾谊《治安策》的政论文。他的《与元九书》是中国文学批评史上的重要文献，不仅阐述了自己的文学见解，而且记身世、抒愤懑、达友情，理条气贯，心曲毕见，在中国书信体散文中亦是难得的佳作。此外还有一些抒情、写景的小品、记事、记游之作，如《草堂集》《冷泉亭记》《荔枝图序》《钱塘湖石记》，文笔简洁，旨趣隽永，是唐代散文中的珍品。

白居易最大的贡献和影响是他继承从《诗经》到杜甫的现实主义传统，掀起了一个现实主义诗歌运动，即新乐府运动。新乐府运动的精神，自晚唐皮日休等经宋代王禹偁、梅尧臣、张耒、陆游诸人以至晚清黄遵宪，一直有所继承。此外，他大力拓宽并实践的诗歌世俗化方向，对后代诗歌走向通俗化大众化有着重要的影响，普通人的命运进入诗歌并成为主角，显然具有开风气之先的作用。

白居易的人生观和人格精神为后来文人所接受，尤其是他的“中隐”理论备受文人推崇。这种既不同黑暗官场同流合污保持独立人格，又不致为黑暗统治者所吞噬的隐逸理论，成了后来士大夫出处仕隐的一种既定模式。苏轼、黄庭坚、虞俦、王安石、周行己、陆游等人，从理论上继承和发展了白居易的“中隐”思想。所谓“中隐”，就是心隐身不隐，似出复似处，非忙亦非闲，似官亦非官的一种两全的选择。

白居易的诗影响极其广泛。早在白居易生前，其诗已远传至西域并为少数民族所喜爱。白居易自己就指出他的诗在当时国内的影响。在《与元九书》里他这样记载了当时民众喜爱其诗的情形：“自长安抵江西三四千里，凡分校、佛寺、逆旅、行舟之中，往往有题仆诗者，士庶、僧徒、孀妇、处女之口，每每有咏仆诗者。”元稹也说白居易诗“至于缮写模勒、炫卖于市井，或持之以易酒茗者，处处皆是”(《白氏长庆集序》)。甚至日本、朝鲜当时都有白诗流传。日本人尊称白居易为“一代之诗伯，万叶之文匠”，他的诗在日本妇孺皆知，世代传诵而不衰，成为中日文化交流的佳话。

（何锡章）

《欧阳文忠公集》 欧阳修

《欧阳文忠公集》是北宋政治家、文学家欧阳修的全集。

欧阳修(1007–1072年),字永叔,号醉翁,晚年又号六一居士,卒谥文忠,庐陵(江西吉安)人。他四岁丧父,因家境贫寒,无力购置纸笔,母亲“以荻画地”教他识字读书。他勤奋好学,废寝忘食,终于在仁宗天圣八年(1030年)考取进士,以秘书省校书郎充西京(今洛阳)留守推官,开始了他的仕宦和文学生涯。欧阳修在西京“始从尹洙游,为古文,议论当世事,迭相师友;与梅尧臣游,为歌诗相唱和。遂以文章名冠天下”(《宋史·本传》)。景祐三年(1036年),范仲淹遭贬,廷臣纷纷为之辩解,独左司谏高若纳谓范当黜。欧阳修作《与高司谏书》,谓其“不复知人间有羞耻事”,于是被谪为夷陵(湖北宜昌)县令。庆历五年(1045年),因支持范仲淹等施行新政又贬知滁州,直到至和元年(1054年)才回到京城。嘉祐二年(1057年)知礼部贡举,嘉祐五年(1060年)拜枢密副使,次年擢参知政事。神宗熙宁四年(1071年)六月,以太子少师致仕,归居颍州。次年七月卒,享年66岁。

纵观欧阳修的一生,他经历了真宗、仁宗、英宗、神宗四朝。从仁宗天圣八年步入仕途到神宗熙宁四年退归颍州,“居三朝数十年间,以文章道德为一世学者宗师”(吴充《欧阳公行状》)。后期官至参知政事,居相位将近10年,地位显赫。但作为政治家的欧阳修,无法实现整顿朝纲,改变宋朝积贫积弱的政治理想。他在《归田录序》中感慨地说:“备位朝廷,与闻国论”“既不能因时奋身,遇事发愤,有所建明,以为补益;又不能依阿取容,以殉世俗,使怨疾谤怒丛于一身,以受侮于群小”。

历史老人在文学上成就了欧阳修。

北宋初年,统治着文坛的是晚唐五代的浮艳淫靡之文以及西昆派雕饰繁缛之诗。柳开等起来倡导中唐古文运动的传统,举起诗文革新的旗帜,但力薄声微,未能转移风气。到了仁宗朝,由于欧阳修登上文坛,大力推进其诗文革新运动,终于出现了波澜壮阔的局面,欧阳修成为公认的文坛领袖。究其原因,一是欧阳修具有多方面的文学才能,在诗、词、文诸方面都取得了卓越成就。二是欧阳修具有举足轻重的政治地位。嘉祐二年他知贡举,倡平实之文,斥险怪奇涩的“太学体”,使“场屋之习,从是遂变”(《宋史·本传》),标志着诗文革新运动取得了决定性的胜利。三是欧阳修为人“质直闳廓”,既能与朋辈尹洙、梅尧臣、苏舜钦等相互切磋,又“奖引后进,如恐不及,赏识之下,率为闻人”(《宋史·本传》),王安石、曾巩、苏洵、苏轼、苏辙皆出其门下,从而使诗文革新运动能蓬勃地向前发展。四是欧阳修对诗文革新有较系统的理论,以指导创作实践。

欧阳修的文学思想和韩愈一脉相承。他倾慕韩愈的古文成就,继承了韩愈的古文传统。对韩愈的儒学见解则不认同。他反对“舍近取远,务高言而鲜事实”(《与张秀才第二书》)的危言空论,扩大了“道”的范畴,赋予“道”以新的意蕴。他说“六经之所载,皆人事之切于世者”(《答李诩第二书》),把儒家之道与现实生活联系起来,从而阐明文学应反映社会政治的文学观。他明确地指出,学道不能至者是“弃百事不关于心”之故。他提出“道胜者,文不难而自至也”(《答吴充秀才书》)的观点,文道并重,是欧阳修文学思想的重要特色。他认为内容可以决定形式:“道纯则充于中者实,中充实则发为文者辉光,施于世者果致。”(《答祖择之书》)否则,“文章丽矣,言语工矣,无异草木荣华之飘风,鸟兽好音之过耳也”(《送徐无党南归序》)。亦强调艺术形式的重要性,他说:“故其言之所载者大且文,则其传也彰;言之所载者不文而又小,则其传也不彰。”(《代人上王枢密求先集序书》)同时他还认识到文于道有相对的独立性:“古人之学者非一家,其为道虽同,言语文章,未尝相似。”(《与乐秀才第一书》)从而纠正了前代古文家文道合一、以道代文的偏狭性。此外,他提倡简而有法、自然流畅的文风,反对浮艳雕琢和艰涩怪僻的西昆积习。欧阳修的文学主张为宋初诗文走出迷津指明了方向。

欧阳修著述甚丰,流传甚广。南宋周必大鉴于"《欧阳文忠公集》自汴京、江、浙、闽、蜀皆有之","别本尤多,后世传录既广,又或以意轻改,殆至讹谬不可读",而"庐陵所刊,抑又甚焉,卷帙丛脞,略无统纪"(周必大《欧阳文忠公集·跋》)的紊乱情况,于绍熙、庆元年间重加整理,将《欧阳文忠公集》编定为153卷。前有宋人胡柯撰写的《庐陵欧阳文忠公年谱》,后有5卷附录。除收入奏议、集古录跋尾及各种杂著外,计存诗850余首,词170余首,散文500余篇和诗话30则。词和诗话后人单独印行,名《六一词》《六一诗话》。南宋裴梦得曾为欧阳修的诗作过注解,今已不传。《欧阳文忠公集》现存明正德吉州刊本、明三十九年刊本、清康熙吉水曾氏刊本、《四部丛刊》影无刊本,《四库全书》本题为《文忠集》。

欧阳修是一位全才作家,诗、词、文诸体皆擅,而以散文成就最高。他的散文取法韩愈"文从字顺"的主张,形成了独特的风格。韩文深厚雄博,主阳刚之气;欧文和婉曲致,偏阴柔之美。欧阳修的散文大都内容充实、气势旺盛、平易自然、流畅婉转。散文中议论文和记叙文充分表现了创新精神。议论文与社会政治密切相关,如《朋党论》《为君难论》《纵囚论》《新五代史·伶官传序》《与高司谏书》,或直接议论时事,或寓讽谏之意于史实之中。义理畅达,引证丰富,层层推进,深入剖析,文笔波澜起伏,既有内在的逻辑力量,又兼具汪洋恣肆之势,委婉变化之美。记叙文往往将抒情、写景、叙事熔为一炉,以抒写人生的悲欢哀乐。清新洗炼的文字与丰约中度的气蕴，渲染出浓郁的抒情意味。如《丰乐亭记》《岘山亭记》《仁宗御飞白记》都表现出这种特色。著名的《醉翁亭记》写贬官滁州寄情山水的心境，语言简洁，错落有致，既有生动形象的绘画美，又有和谐悦耳的音乐美。

《欧阳文忠公集》中保存了欧阳修不少的哀祭、碑志文字，也很有特色。如《文正范公神道碑铭》《祭尹师鲁文》《祭苏子美文》《祭万曼卿文》《祭梅圣俞文》等，述存亡离合之感，情文并茂，感人至深。《泷冈阡表》是他为双亲墓撰写的碑文，叙父母之德，刻画细腻，如实追记，不假藻饰，毫无一般碑文的溢美之辞。一字一句皆从肺腑流出，朴质醇厚，真挚动人。

欧阳修还写了不少笔记文，开宋代笔记文创作的风气。《归田录》《笔说》《试笔》等文章不拘一格，信手拈来，娓娓而谈，生动活泼，饶有情趣。其中《归田录》记载了朝廷遗事、职官制度、社会风习和士大夫的轶闻趣事及自己的创作经验，有很高的文学史料价值。

欧阳修的抒情小赋也颇有特色。赋是中国韵文的一种特殊体裁，它兼得文采、音韵之美，具有诗歌和散文的双重性质。从汉魏六朝以至唐代，这种文体经过了辞赋、骈赋、律赋的嬗变过程。欧阳修于赋作也开始了新的尝试，《秋声赋》是其代表作品。在《秋声赋》中，欧阳修运用丰富的比喻把无影无形的秋声描绘得形象生动。既采用传统赋的对话形式、排比铺张的手法，又用单句散体的文笔突破了古赋、律赋的格律与模式，写得空灵飞动、自由潇洒，“成文赋开山之功”(铃木虎雄《赋史大要》)。苏轼的前后《赤壁赋》，显然就是在《秋声赋》的影响下创作出来的。赋由此进入了文赋的新阶段。

欧阳修论诗重视诗歌反映现实、抒情言志的作用。所以他的诗作或反映人民疾苦，揭露社会黑暗；或议论时政，抨击政治的腐败。如《食糟民》《边户》《答扬子静祈雨长句》《奉答子华学士安抚江南见寄之作》等都是这类题材的代表作。更多的则是抒写个人情怀和山水景物的诗。欧阳修的诗歌古体高秀，近体妍雅。他的古体诗最具特色，既学李白、杜甫、韩愈，也受苏舜钦、梅尧臣诗风的影响。但主要是在韩愈“以文为诗”诗法的基础上加以新变，以平易疏畅的诗歌艺术影响一代诗风。如《明妃曲和王介甫》《凌溪大石》等诗，虽以文为诗，但叙事、写景、抒情、议论相摩相荡，在流泻奔放之中又注重诗歌韵律，避免了韩诗奇险艰涩之弊。也有一些诗因执著于说理，缺乏诗意，影响了诗歌的形象性和音乐性。苏轼在《居士集序》中谓欧阳修的“诗赋似李白”，他的自由奔放的古体诗如《庐山高赠同年刘中允归南康》，确有太白之遗风。而沉郁顿挫的诗作则得杜诗之神韵，如《送杜岐公致仕》《童读<徂徕集>》即其代表之作。欧阳修的近体诗以清丽秀美的诗句写出真实切近的感受，立意新颖，情韵深厚，洗尽西昆雕琢之痕、逼近唐音之境，如《画眉鸟》《戏答元珍》等都表现了这种创作特色。

欧阳修还有些论诗诗,如《水谷夜行寄子美圣俞》《再和圣俞见寄》《和刘原父澄心纸》《盘车图》等,运用大量比喻,描述苏舜钦和梅尧臣诗歌的风貌,表现出独特的见解。宋代以诗论诗的风气由此而兴。

欧阳修工于词,且数量较多。他的词受南唐冯延巳词的影响而形成自己疏隽深婉、平和雅致的风格。在内容上虽写男女情爱、伤春惜别的传统题材,但褪尽了花间词香而软的脂粉气息,把词从浮艳引向清丽一途。如《玉楼春》"尊前拟把归期说飞"、《临江仙》"柳外轻雷池上雨"等都是脍炙人口的名篇。《踏莎行》"候馆梅残"一阕以温婉细腻的笔触写"离愁渐远渐无穷,迢迢不断如春水"的深婉情思,缠绵悱恻。《采桑子》十三首描绘颍州西湖山水,恬淡明丽,颇有韵味。此外,欧词中还有不少风格旷放疏宕的言怀述志之作,如《朝中措》"平山栏槛倚晴空"、《渔家傲》"十二月严凝天地闭", 充满积极乐观的精神和旷达开朗的豪放之情, 引人注目。此外,还有表现都市生活、时令、风俗之作。拓展了题材,改变了词风,透露了"以诗为词"的信息,成为苏轼"以诗为词"的先导。

欧阳修为一代宗师, 领导北宋诗文革新运动取得了巨大成就。不仅荡涤了绮靡浮艳的文风,而且确立了北宋文学的基本风貌,对宋代文学乃至中国文学的发展产生了重要影响。欧阳修的文学成就,当世就有很高评价。苏洵《上欧阳内翰书》中称其散文"纡余委备,往复百折,而条达疏畅,无所间断;气尽语极,急言竭论，而容与闲易，无限难劳苦之态”。王安石《祭欧阳文忠公文》也赞叹说：“形于文章，见于议论，豪健俊伟，怪巧瑰琦。其积于中者，浩如江河之停蓄；其发于外者，灿如日星之光辉。其清音幽韵，凄如飘风急雨之骤至；其雄辞闳辩，快如轻车骏马之奔驰。”吴充在《欧阳公行状》中总论其散文成就时说：“盖公之文备众体，变化开阖，因物命意，各极其工。”欧阳修力倡古文，反对时文，以平畅晓达而婉曲多姿的文风开创了宋代散文的新局面，《宋史·本传》称其“为文天才自然，丰约中度。其言简而明、信而通，引物连类，折之于至理，以服人心。超然独骛，众莫能及，故天下翕然师尊之”。他的古文前承韩愈、柳宗元之余绪，后开曾巩、王安石、三苏之风气，形成了唐宋散文八大家的文学传统。影响所及，直至明清时代。明清不少古文家，推尊唐宋散文，更多的则是祖述宋人，以欧文为范。明人茅坤编选《唐宋八大家文钞》以欧冠宋代诸家之首。归有光针对复古派“文必秦汉”的主张，极力推崇唐宋散文，形成了明代的唐宋派。故《四库提要》卷一七二说：“自明季以来，学者知由韩、柳、欧、苏沿回以溯秦、汉者，有光实有力焉。”归有光明白而率真的文风，显然是接受了欧文的影响。清代桐城派雅洁而有义法的古文，追根溯源，也与欧阳修文章风格一脉相承。钱基博在《栩窗文集序》中说：“桐城以永叔之逸，效韩之神；而侯官用柳州之洁，得韩之俊。”道出欧文对桐城派的影响。

欧阳修诗为其文名所掩，但于宋诗的发展确有承前启后之功。他的创作成就超越同时代许多诗人。苏轼以为欧诗"似太白",王安石则誉其在"太白之上"。南宋叶梦得《石林诗话》称:"欧阳文忠公诗,始矫昆体,专以气格为主,故言多平易疏畅。"清人方东树谓其诗"情韵幽折,往反咏唱,令人低回欲绝"(《昭昧詹言》)。欧诗在当时就产生了很大影响。南宋刘克庄在《江西诗派序》中说:"国初诗人如潘阆、魏野规之晚唐格调,寸步不敢走作。杨、刘则又专为昆体,故优人有挦撦义山之诮。苏、梅二子稍变以平淡豪俊,而和之者尚寡。至六一、坡公,巍然为大家数,学者宗焉。"诚为公允之论。

欧阳修的词对宋词发展有筚路蓝缕的功绩。南宋曾慥选《乐府雅词》,所选诸词以欧阳修词为宋词之冠,并在序中说:"欧公一代儒宗,风流自命,词章窈眇,世所矜式。"反映了时人对欧阳修词的评价。欧词对宋词豪放、婉约两大派的形成有一定影响,清人冯煦《宋六十一家词选例言》中说,欧词"疏隽开子瞻,深婉开少游",道出了苏、秦二家词风源同而流异的艺术特点。

(徐安琪)

《东坡集》苏轼

苏轼(1037–1101年)北宋杰出文学家,书画家,字子瞻,出生于四川眉山。在良好的家庭环境熏陶下,苏轼很快便显露才气,刚成年,已能日成数千言。21岁考中进士,26岁被任命为风翔府判官,不久进京任职。此时正值王安石迅速推进变法之际,苏轼上书皇帝,说变法“欲速则不达”“轻发而多败”。上奏一传开,苏轼顿成众矢之的。1071年,他被派任杭州通判,几年后又被逮捕。狱中痛苦不堪忍受,苏轼深感绝望,写诗与家人诀别。诗中有“是处青山可埋骨,他年夜雨独伤神”句,反映了他凄婉欲绝的心境。但是朝廷无意杀他,将他贬为水部员外郎黄州团练副使。

在黄州,苏轼自号为东坡居士。惊魂甫定之余,他闭门思过,时时苦闷郁愤,孤独彷徨,常从老庄佛学中寻求解脱。4年后改贬汝州,前往途中会晤了退休宰相王安石,两人化干戈为玉帛,相见甚欢。

1085年,苏轼被起用为登州太守,旋即回到首都开封。此后他平步青云,担任翰林学士知制诰。任职期间他大力提拔文坛新秀,任用毕仲游、张来、晁补之等人为官，又荐秦观、陈师道进京，一时才士毕集，互相酬唱，苏轼俨然以文坛盟主自居。

正当苏轼志得意满之际，朝廷内部党争加剧，他屡遭陷害，难以立足，出任杭州知府，继贬为英州知府，接着1个月之内连降三级，到惠州安身。此时苏轼“已绝北归之望”，决意在岭南安度余生。不意当权派又将他贬到儋州（今海南儋县）。此地荒凉异常，“食无肉，病无药，居无室，出无友，冬无炭，夏无寒泉”（《与程天侔书》）。艰苦的生活拖垮了这位文坛巨匠的身体。1100年，北归途中，苏轼病逝于常州。苏门弟子陈师道愤而作诗，描绘了苏轼坎坷的一生：“一代苏长公，四海名未已。投荒忘岁月，积毁高城垒。”此正如苏轼诗中所云：“心似已灰之木，身如不击之舟。问汝平生功业，黄州、惠州、儋州！”（《自题金山画像》）

苏轼虽然官场失意，但在文学创作中却硕果累累，名篇甚多，令人瞩目。他的散文、诗歌和词素为人称道。谈到散文，有“苏海韩潮”之说，意思是苏轼的散文可与唐代的韩愈一争高低。其诗歌亦成就斐然。

钱钟书认为苏轼的《风翔八观》诗算开了一门。提到苏轼的词作，人们用“独辟蹊径”和“豪放”来形容。孟子说：“颂其诗，读其书，不知其人可乎？”（《孟子》）我们不妨来个移花接木，在“知其人”之后，再“颂其诗，读其书”，在了解了这位文坛巨匠的生平以后，再来探讨一下他的作品内容。

先说散文。唐宋八大家代表了我国古代散文的最高成就,苏轼是其中之一。他的散文文思开阔,笔力奔放,形态变化多姿,行文收纵自如,是他的散文的最大特点。

在苏轼的散文中,议论文占有重要地位,其中不少文章属传世之作。如《范增论》《贾谊论》《留侯论》等。苏轼经常利用习见的材料,提出异于常人的观点。《进策》反映了他早年的政治改革主张,共25篇。其中《策略》5篇,总论天下大势、政治弊端和改革方针;《策别》17篇,从课百官、安万民、厚货利、训军旅等四个方面提出一系列改革措施;《策断》从分析内外矛盾敌我长短和攻守形势出发,提出了一套巩固边防的战术,这在当时颇具现实意义。有人认为《进策》"说当时国势处,字字切中,可与贾生策治安比肩"(《唐宋八大家文读本》)。还有人认为"东坡文,亦孟子,亦贾长沙(贾谊)"(刘熙载《艺概》),均给予很高的评价。

在苏轼的散文中价值最高、最富创造性的要算记叙文。内容多是碑文、游记和亭台记。有人称颂其文"叙事有寓理,有寓情,有寓气,有寓识"(《艺概》)。在苏轼笔下,人物情态惟妙惟肖。如描写老人精神矍铄:"年六十一状貌如四十许人,须三尺,郁然无一茎白者"(《石氏画苑记》);描绘人物神态:"呼余宿其家,环堵萧然,而妻子奴婢皆有自得之意,余既耸然异之"(《方山子传》)等。

再谈谈苏轼的诗歌。

今存苏轼诗歌约有2700多首。如按诗的性质分类,有政治诗、讽喻诗、景物诗、理趣诗以及和陶诗五大类。

苏轼一生在政治上不得意，在贬谪过程中，他对社会下层情况有较多的了解。他同情生活在困境中的下层人民，并将困苦的原因归为残酷的赋役剥削。由此出发，他写了不少反映社会生产状况的诗歌，如《送黄师是赴两浙宪》：

哀哉吴越人，久为江湖吞。官自倒帑廪，饱不及黎元。近闻海上港，渐出水底村。愿君五袴手，招此半菽魂。

苏轼常用诗来表达自己对现实的看法，抨击时弊。这和他学习唐人刘禹锡的诗有一定关系，“苏诗如学刘禹锡，故多怨刺”（陈师道《后山诗话》）。不过主要原因是他政治上郁郁不得志，因而借助诗这一形式反映自己的观点，如苏辙所说：“见事有不便民者，不敢言，亦不敢默视也，缘诗人之意，托事以讽，庶几有补于国。”（《东坡墓志铭》）今人将他的讽喻诗按内容分为两类，一类是针对一般的社会弊端和不平现象的，如《黄牛庙》《荔枝叹》等。另一类是和王安石推行的新法有关的，如《吴中田妇叹》：“宫今要钱不要米，西北万里招羌儿。龚黄满朝人更苦，不如却作河伯妇。”

苏轼喜爱旅游览胜，自称“身行万里半天下”（《龟山》），留下了不少描绘祖国山川秀丽景象的作品。其中以《凤翔八观》最著名。这是1061年他在凤翔任职时的诗作，由八首七古和五古合成的组诗，分别咏颂石鼓、王维吴道子画、真兴寺阁等八处文物古迹。八景今多不存，不过我们仍可从《凤翔八观》中想象其风采。如真兴寺“山川与城郭，漠漠同一形。市人与鸦鹊，浩浩同一声”(《真兴夺阁》)等。《风翔八观》是苏轼的成名之作。

理趣诗中含有奥妙的哲理内容。有人认为“苏诗长于趣”(《艺概》)，苏轼本人也认为自己作诗“寄妙理于豪放之外”。大致苏轼将美丽的自然小景与多彩的生活片断融于诗中，使之具有哲理意义，做到事情与哲理融为一体，言在此而意在彼，从而收到发人深思的艺术效果，如《慈湖夹阻风》之二：

此生归路愈茫然，无数青山水拍天。犹有小船来卖饼，喜闻墟落在山前。

这首诗反映的是“车到山前必有路”这一人生哲理。人身处逆境，常会感到前途渺茫，只要坚持下去，就能越过险境看到希望，最后发现“喜闻墟落在山前”。

和陶诗是追和东晋诗人陶渊明的诗。苏轼开追和古人之先河。最早的和陶诗是作于扬州知府任上的《和陶饮酒二十首》，后陆续追和，积少成多，苏辙将其编为《东坡和陶渊明诗引》，共100多首。苏轼尊崇陶渊明，称“吾于诗人，无所甚好，独好渊明之诗”，并认为“自谓不甚愧渊明”。苏轼的和陶诗并非单纯的模仿，他不过是步用旧韵，借他人酒杯，解胸中烦闷而已。从内容上看，有的与陶诗大意相近，如《和陶归园田居》，有的与陶诗内容并无联系，如《吹剑录》：

小舟真一叶，下有暗浪喧，夜棹醉中发，不知枕几偏。天明问前路,已度千重山。嗟我亦何为,此道常往返,未来宁早计,既往复何言。

这和陶诗"结庐在人境,而无车马喧"在内容上已毫不相干。

最后,让我们看一看苏轼的词。

宋朝是词作风行的时代。苏轼的词和同时代其他人的词不同。当时人认为苏词具有"天风海舞""铜喉铁板"的风格,这表明他的词与传统曲子词迥然不同。南宋诗人陆游正式称苏轼的词风为豪放。现在这已是较为公认的观点。

人们通常用"气象恢宏"和"横放杰出"形容豪放词具有阳刚之美而又放荡不羁。苏轼的豪放词,题材很多,有抒发壮志豪情的,有激励友人建功立业的,有倾诉悲壮情怀的等。它们都有一种恢宏豪迈、英特遒劲的特点。其中最为后世传颂的是《念奴娇·赤壁怀古》。后人对苏词评价很高。楼敬思说:"东坡老人故自灵气仙才,所作小词,冲口而出,无穷清新。"(《词林纪事》)刘熙载认为,"东坡词具神仙之姿"(《艺概》)。王国维的评价是 "东坡之词旷"(《人间词话》)。

苏轼对词的贡献是明显的:首先,他扩大了词的内容,提高了词的境界。前人词中很少有反映农村状况和民生疾苦的内容,但苏词中这方面的内容很多,如《浣溪沙》中描写农村雪景:"万顷风涛不记苏。雪晴江上麦千车。但令人饱我愁无。"其次,苏词雄健奔放,遒劲无比。第三,苏词在语言上的革新是明显的。他的词脂粉气少,清雄韶秀气多,这对南宋辛弃疾的词有重大影响。第四,在声律的追求上,也与当时流行的婉约派不同。他不让声律束缚手脚,着力突出词的抒情言志作用。清代的《四库全书总目提要》充分肯定了苏轼对词的贡献:宋词"至轼而又一变,如诗家之有韩愈,遂开南宋辛弃疾等一派"。这种评价是比较公允的。

苏轼文才既高,作品流传也广,"所作文章才落笔,四海已皆传诵,下至闾阎田里,外至夷狄,莫不知名"(《郡斋读书志》)。因而苏作刊刻甚多,这未免造成鱼目混珠,泥沙俱下。苏轼在世时,其文集已出现"水货",他说:"世之蓄某诗文多矣,率真伪相半,又多为俗子所篡改,读之使人不平。"

大致说来, 苏轼的诗文集可分成分集本与分类合编本两大类。

分集本的代表是《东坡七集》。苏轼生前曾将自己的诗文整理编定为《东坡六集》,包括《东坡集》40卷,《后集》20卷,《奏议》15卷,《内制》10卷,《外制》3卷,《和陶诗》92卷。南宋时,6集之外又增加了《应诏集》10卷,以《东坡七集》的形式刊行。1468年,程宗重刊《东坡七集》。这是今存的最古老、保存时间最长的东坡全集,是为成化本。1534年,江西布政司重刊《东坡七集》,但内容少于成化本。1908年经缪荃孙校正,重刊成化本。后中华书局《四部备要》本即据此排印,此即今天常用的《东坡七集》。

分类合编本即按苏轼诗文的各种体裁、内容分类而成的诗文集。苏轼曾孙苏峤曾刻《东坡别集》46卷,今不存。南宋时又出现所谓《东坡大全集》,唯质量低劣,今亦难见。

今存的苏轼诗文集多属元明刊本。1320年叶曾云间南阜草堂刻本《东坡乐府》是今存最早的苏轼词集刊本,共2卷。明万历年间,茅维编定《苏东坡全集》75卷,收文收词不收诗。后毛晋在所编《宋六十名家词》中收录《东坡词》一卷。1965年中华书局出版唐圭璋主编《全宋词》,内有《苏轼词》。

清末民初朱祖谋编定《东坡乐府》3卷。1936年和1958年商务印书馆出版龙榆生《东坡乐府笺》。这是今存唯一的东坡词编年笺注本。

南宋绍兴初年傅幹编《注坡词》12卷。这是最早的苏词注本。

1236年刊金人元好问编《东坡乐府全集》是最负盛名的苏词选本。

本世纪80年代,中华书局出版孔凡礼点校《苏轼文集》73卷和《苏轼佚文汇编》10卷,收罗较丰,可参看。

下面谈一谈苏轼作品的影响。

苏轼逝后不久,就出现了"苏文熟,吃牛肉,苏文生,吃菜根"的俗谚。清代主考官喜欢用"宛然苏子口气""深得苏氏家法"作评语。这说明,苏轼的诗词散文对后世产生了深远的影响。这种影响表现在诗、词和散文三个方面。

苏轼的诗歌深受后人推崇。明朝文学家袁宏道用"卓绝千古"

四字评价苏诗。钱钟书认为，苏诗具有“出新意于法度之中，寄妙理于豪放之外”的特点，“李白之后，古代大约没有人赶得上苏轼这种‘豪放’”(钱钟书《宋诗选注》)。

苏轼创立的豪放词风也深受后世推崇。费衮《梁谿漫志》认为：“东坡词源如长江大河，汹涌奔放，瞬息千里，可骇可愕，而于用事对偶，精妙切当，人不可及。”这种豪放词风直接影响南宋的词作。苏轼还把词从音乐的附属品中脱离出来，将其发展成独立的抒情诗体。这种词风直到现代仍被沿用。

苏轼是北宋古文运动的骨干。他坚持朴实的文风，强调言之有物和文以致用，并为此创作了大量优美的散文，为古文运动的胜利奠定了基础。以后元明清历代都将苏轼的散文作为模范。苏轼自然流畅、富有情趣的抒情散文开明清小品文之先河，对我国古典文学名著《红楼梦》和《聊斋志异》的思想和艺术也产生了一定影响。

朱德曾为四川峨眉山的三苏公园题诗一首：“一门三父子，都是大文豪。诗赋传千古，峨眉共比高。”虽然泛指三苏而言，但若单独用于说明苏轼的成就，“传千古”三字也十分妥帖。

(吴宝晓)

《李清照集》 李清照

宋代，是中国古代历史上商品经济、市民文化，乃至科学技术都最为发达的一个朝代，经济发展水平甚至超越了盛唐。以陈桥兵变起家的宋太祖赵匡胤，鉴于五代十国藩镇割据对中央政权的威胁，立国之初便制定了重文抑武的国策。一方面，宋朝的历代统治者对读书人都十分宽容，形成了比较宽松的政治文化环境，促进了文学创作的繁荣。陈寅恪先生就认为："华夏民族的文化，历数千载之演进，造极于赵宋之世。"(《邓广铭〈宋史职官志考正〉序》)另一方面，由于物质富足，城市兴起，北宋朝野内外都展现出一种"悠游闲适"的气质。在文学上同样体现了这一点，两宋文学之明珠——宋词，其早期代表作家，李煜、柳永、晏殊、欧阳修、秦观、周邦彦等人的词作，可谓将婉约派词风绮丽柔靡的风格发展到了极致。

然而，经济文化上的成就并不能保证宋朝的长期安定，由于对武将的防备和抑制，北宋一朝军备松弛，在对外战争中屡屡失败，最终导致了金兵攻陷汴梁的"靖康之耻"，徽钦二帝北狩，北宋灭亡。一时之间山河破碎、风雨飘零，对于两宋之交的文人来说，家国不幸，身如浮萍，内心的痛苦可想而知。或许正是应验了那句"国家不幸诗家幸"（清赵翼《题遗山诗》），两宋之交的文坛，群星闪耀，佳作辈出，宋词的风格也发生了明显的转变。其中的佼佼者，就是我们今天所要介绍的两宋时期著名文学家——李清照。在男尊女卑的中国古代社会，女作家可谓凤毛麟角，能够在男性占据主导地位的文坛获取一席之地，甚至才华足以傲视须眉的更是屈指可数。李清照就是这样一位放诸世界文学史也毫不逊色的作家，她的作品至今仍在影响着一代又一代的中国人。

李清照（1083–约1155年），自号易安居士，山东省章丘县明水镇人。李清照出身于书香世家。其父李格非少年时便聪颖过人，著有《礼记说》，引起一时轰动，宋神宗熙宁九年考取进士，官至礼部员外郎，曾"以文章受知于苏轼"（《宋史·李格非传》），为苏门"后四学士"之一，著有《洛阳名园记》。她的母亲王氏同样出自名门，善诗文。在良好的家庭文学氛围的影响下，耳濡目染，加之李清照天资聪颖，"自少年便有诗名，才力华赡，逼近前辈，在士大夫中已不多得，若本朝妇人，当推词采第一"（王灼《碧鸡漫志》）。李清照18岁时，嫁与吏部侍郎赵挺之之子赵明诚为妻。是年，赵明诚21岁，是一名醉心金石之学的太学生。赵明诚一生均致力于金石之学，著有《金石录》。赵李夫妇二人在文学艺术方面有着众多的共同爱好，婚后，他们举案齐眉，谈论诗词，收藏金石，是一对令人羡慕的神仙眷侣。然而，三年之而时任宰相的赵挺之病故，改变了他们原本的生活。受到其父政敌蔡京的攻击排挤，赵李夫妻二人不得不屏居青州，度过了十年的乡下隐居生活。在此期间，生活虽然清苦，但二人仍“竭其俸入，以事铅椠。每获一书，即同共勘校，整集签题。得书、画、彝、鼎，亦摩玩舒卷，指摘疵病，夜尽一烛为率”“虽处忧患困穷，而志不屈”(《金石录后序》)。对于李清照来说，这仍是一段快乐的时光，然而，好景不长，战乱很快便打破了他们平静的生活。

靖康之变后，宋高宗南渡，赵李夫妇随之避乱江南，他们的大量金石收藏都散落于兵燹。南渡后，赵明诚受任江南，但不幸于赴任途中中暑病故。从此，李清照便独身漂泊江南，过着颠沛流离的凄凉生活。由于缺少确切的资料，李清照的晚年经历已经无法清晰还原，只能据史料大致推断李清照约在绍兴二十一年(1151年)前后故去。一代词宗就此长眠，惟留词作闪耀人间。

相比其他诗词大家来说，李清照流传至今的作品并不多，“男中李后主，女中李易安，极是当行本色”(沈谦《填词杂说》)是后人对易安词的高度评价。由于李清照的词作在当时就有极高的社会影响力，从宋代开始就不断有人将之刊刻于世，如晁公武《郡斋读书志》著录《李易安集》十二卷，陈振孙《直斋书录解题》载《漱玉词》一卷，黄昇《花庵词选》称有《漱玉词》三卷，《宋史·艺文志》著录《易安居士文集》七卷、《易安词》六卷，今均已失传。现存的诗文及词集是后人所辑录。

1962 年，中华书局上海编辑所出版《李清照集》辑本，收词78 首、诗 15 首、文 3 篇及《打马图经》、赋、序等若干篇，书末附有李清照的传记、后人的研究资料等，是目前较全、较精的辑本。另有今人王仲闻《李清照集校注》、徐培均《李清照集笺注》等，可供参考。

纵观李清照的诗词作品，给人以强烈的真实感和融入感，她的作品往往以个人的情感经历和亲身体会为基础，表现了她一生的感悟和经历。通过追寻李清照生活历程的不同阶段，可以将其创作活动分为大致三个阶段：年少时期；婚后至南渡时期；南渡后时期。不同的时期展现了李清照不同的创作心境和风格，传递了多样的情绪和内容。

李清照的年少时期社会安定，加之家庭文学艺术氛围浓厚，生活条件富足优渥，这一时期的作品充满了天真活泼的少女情怀。诗词作品多描绘自然风光，展现了轻松欢快的氛围。即使是在萧瑟清凉的秋天出去郊游，她也发出“水光山色与人亲，说不尽，无穷好”（《怨王孙》）的爽朗感慨。《如梦令》中回忆旧时出游沉迷于风景以致“沉醉不知归路”，兴尽后摇船而归，却“误入藕花深处”，在焦急与迫切中“争渡，争渡，惊起一滩鸥鹭”，鲜明的场景与动态的画面传达出清新闲适的感觉。她也大胆直率地展现少女形象，“蹴罢秋千，起来慵整纤纤手。露浓花瘦，薄汗轻衣透。见客入来，划金钗溜。和羞走，倚门回首，却把青梅嗅”(《点绛唇》)处处流露着她少女时期的天真娇憨，略带羞涩，无忧无虑又率性爽朗的个性特征。

婚后的李清照与赵明诚两人志同道合，夫唱妇随，共同研读诗文，鉴赏金石，因此很多作品都描写了幸福的家庭生活，通过诗词讴歌美好的爱情故事。“造化可能偏有意，故教明月玲珑地。共赏金尊沈绿蚁，莫辞醉，此花不与群花比。”(《渔家傲》)梅花如此高洁孤傲，那也得能寻得良人共同欣赏，赵李二人恰是这样一对璧人，再没有比这更幸福美满的了。此时李清照的作品不再是明朗少女的悠闲洒脱，增添了已婚女子更加丰富饱满的思绪。李清照与赵明诚两人二十六年的婚姻生活虽幸福美满，却也经历了不少离别之苦，这样的生活经历更加丰富了李清照诗词创作的内容，留下了许多脍炙人口的作品。其中有许多作品表达了她在赵明诚出仕时对丈夫的思念之情，如《醉花阴》一词就以其寓情于景、含蓄深沉的写法广为传诵：重阳佳节本应夫妻团圆，李清照却独身一人度过，薄雾弥漫，到处都是令人烦闷的愁绪，半夜醒来也觉得凉气渗入内心；独自饮酒直到黄昏，黄菊淡淡的清香盈满袖口，凄清寂寥的深秋里人比黄花还要消瘦。以“人拟黄花”，描绘出词人因思念丈夫而日渐消瘦的形象，全诗对思念愁绪的反复渲染以及最后拟人比喻的点睛运用，让“人比黄花瘦”传为千古名句，也让《醉花阴》广为传诵。

薄雾浓云愁永昼，瑞脑消金兽。佳节又重阳，玉枕纱橱，半夜凉初透。

东篱把酒黄昏后，有暗香盈袖。莫道不销魂，帘卷西风，人比黄花瘦。

据传李清照把这首词寄给赵明诚后，“明诚叹赏，自愧弗逮，务欲胜之，一切谢客，忘食忘寝者三日夜，得五十阕，杂易安作以示友人陆德夫。德夫玩之再三，曰：‘只三句绝佳’。明诚诘之，答曰：‘莫道不消魂，帘卷西风，人比黄花瘦。’正易安作也。”(《琅环记》)这也从侧面反映出李清照的才华横溢。

除了《醉花阴》之外，还有《念奴娇》(“萧条庭院”)、《一剪梅》(“红藕香残玉簟秋”)、《蝶恋花》(“暖雨晴风初破冻”)等篇，均表达了对丈夫的思念之情。李清照词中含蓄婉转的表达、清丽圆润的语言、柔美和谐的音律以及对儿女情长的细腻描述，使李清照成为宋词婉约派的代表人物，沈曾植曾说：“易安为婉约主，幼安为豪放主。此论非明代诸公所及。”(《菌阁琐谈》)高度评价了李清照在婉约词派的重要地位。

虽然沉湎于婚姻和爱情的甜蜜，但这一时期的李清照也并未降低对时局的关注。北宋末年，政治腐败，朝堂之上朋党林立，赋税沉重，民不聊生，统治者却丝毫不以为意。于是，李清照作《浯溪中兴颂诗和张文潜二首》两首七言长诗，总结唐代安史之乱的原因和历史教训，以史为鉴，影射宋代统治集团的腐败懦弱，表达了她对现实的强烈担忧。明代陈宏绪在《寒夜录》中说:“李易安诗余,除炙千秋,当在《金奎》《兰畹》之上……仅见《和张文潜语溪中兴碑》二篇……二诗奇气横溢,尝鼎一脔,已知为驼峰、麟脯矣。”体现了易安极具风骨、明理远见的一面。

南渡之后,李清照接连遭受了国破家亡、生离死别的惨痛经历,落差巨大、命途多舛的生活也影响了李清照的文学创作,其作品在内容和艺术风格上都有了很大的转变,思想意义也比前期深刻许多。面对金兵入侵、民族沦亡,南宋朝廷却偏安江左、腐朽懦弱的社会现实,李清照愤慨:“南渡衣冠少王导,北来消息欠刘琨。”又云:“南来尚怯吴江冷,北狩应悲易水寒。”直斥南宋君臣无能自私,不顾国家存亡。在《上枢密韩肖胄诗》中痛诉“土地非所惜,玉帛如尘泥。谁当可将命,币厚辞益卑。”表达了李清照对饱经战乱、流离失所的百姓的深切关心和同情,以及痛斥侵略,收复失地、绝不屈服的爱国主义精神。《夏日绝句》中“生当做人杰,死亦为鬼雄。至今思项羽,不肯过江东。”借古讽今,字字珠玑,掷地有声,讽刺了南宋朝廷苟且逃跑的无能行径,全诗不过短短 20 字,却正气凛然,令人肃然起敬。

这一时期李清照的创作关心国家存亡、民族生存,更有飘零江南后对故国家乡的怀念和对个人凄凉身世的悲叹。如作于李清照晚年的《永遇乐》,词人在元宵佳节追忆从前热闹非凡的汴京灯节,“铺翠冠儿,捻金雪柳,簇带争济楚。”如今却容颜憔悴,无心寻乐,从个人身世的飘零上升到对故国的思念,对山河不再的痛心,作品内容和主题得到了升华,令人动容。南宋末年的爱国词人刘辰翁曾说:"诵李易安《永遇乐》,为之涕下,今三年矣。每闻此词,辄不自堪,遂以其声,又托之易安自喻,虽辞不及,而悲苦过之。"(《须溪词》卷二)此时李清照的作品仍在说愁,不过她的愁不再限于从前的闺怨思念,而是将个人的愁与社会、国家联系起来,愁愈深也愈浓。《声声慢》就是这样一篇深沉的诉愁之作:乍暖还寒的时候词人独居,周围的环境冷清凄凉,饮酒也无法抵御身心的寒冷,大雁南归,自己却依旧漂泊他乡;独自一人的时间愈发难熬,黄花凋落,却无人相伴共同欣赏,无边细雨愈发使人心烦,这孤独凄凉的境地不是一个愁字能概括得了的。

寻寻觅觅,冷冷清清,凄凄惨惨戚戚。乍暖还寒时候,最难将息。三杯两盏淡酒,怎敌他、晚来风急?雁过也,正伤心,却是旧时相识。

满地黄花堆积。憔悴损,如今有谁堪摘?守着窗儿,独自怎生得黑?梧桐更兼细雨,到黄昏、点点滴滴。这次第,怎一个愁字了得!

这首词不仅情境完美融合、意蕴深厚,在写法上也独具特色。全词反复运用叠词,重点突出,音韵和谐,茅映《词的》评价:"这用十四叠字,后又四叠字,情景婉绝,真是绝唱。后人效颦,便觉不妥。"张端义在《贵耳集》中也称赞:"更有一奇字云'守定窗儿,独自怎生得黑。''黑'字不许第二人押。妇人中有此文笔,殆间气也。"再如"试灯无意思,踏雪没心情。"(《临江仙》)"故乡何处是?忘了除非醉。"(《菩萨蛮》)"永夜恹恹欢意少。空梦长安,认取长安道。”(《蝶恋花》)“伤心枕上三更雨,点滴霖霪,点滴霖霪,愁损北人,不惯起来听。”(《添字丑奴儿》)这些作品都反映了李清照南渡之后经历和心境的巨大转变,无论是爱国之情还是身世之叹,都能感受到作者愈加开阔深刻的思想情感。

李清照虽为宋词婉约派的代表人物,但像许多心怀家国的传统文人一样,她有对未来充满理想和热情的一面,例如《渔家傲·天接云涛连晓雾》中采用浪漫主义手法,通过人神对话的方式,表达了自己对现实的不满,渴望到“神山仙境”充分展现自己的才华,全词气势恢宏,大气磅礴,表达了词人追求理想、积极进取的精神。

除了诗词作品,李清照还著有《词论》,是宋代第一篇词学理论文章。这篇文章论述了词的发展演变,总结了以前各派词人创作的优缺点,表达了李清照对词的认识和理解,认为词应高雅、浑成、协乐、典重、铺叙、故实,提出“词别是一家”之说,对词学理论的发展产生了积极的影响。

李清照在创作上展现的才华和独特风格使她在众多词家中独树一帜,自成一派,后人称之为“易安体”,巨大的艺术感染力也影响了后世的创作,侯寘、辛弃疾、刘辰翁都曾“效易安体”。时人和后人对李清照一直给予很高的评价:朱熹称“本朝妇人能文只有李易安与魏夫人”(《朱子语类》);朱彧说“本朝女妇之有文者,李易安为首称”(《碧鸡漫志》卷二);杨慎认为“宋人中填词,李易安亦称冠绝……山谷所谓‘以故为新，以俗为雅’者，易安先得之矣”(《词品》卷二)；清代纪昀在《四库全书总目提要》中写道：“清照以一妇人，而词格乃抗轶周柳，虽篇帙无多，固不能不宝而存之，为词家一大宗矣。”胡适说：“易安是一个最有天才的女子。”(转自郑宾逆《中国文学流变史》)郑振铎说：“李易安固不仅为妇女中之能文杰出者，即在各时代的诗人中，她所占的地位也不能在陶潜、李、杜，及欧阳修、苏轼之下。”(《文学大纲》)林庚说：“北宋的词坛，虽然充满了慢词的势力，却依然以小令为主。而结束这北宋词坛的一位作家，便是李清照……中国女作家中，能够在文学史上占一席地的，这是唯一的一个人了。”(《中国文学史》)李清照在中国文学史上的天纵才华与杰出贡献，将随着岁月推移，愈发光彩夺目。易安词所体现的丰富浓厚的思想感情，已经融入中国传统文化的血脉之中，影响着一代又一代的中国人。

(陈晨)

《稼轩词》辛弃疾

辛弃疾的作品，收集在《稼轩词》和《辛弃疾诗文钞存》二书中。

南宋爱国词人辛弃疾(1140–1207 年)，原字坦夫，改字幼安，别号稼轩居士，历城(今山东济南)人。他诞生的 13 年之前，发生靖康之变(1127 年)，北宋覆亡，故辛出生于金人蹂躏下的沦陷地区。辛父早亡，祖父辛赞受家口众多之累，无法挈眷南逃，因而被迫出仕金国。他身系金朝，而心存宋阙，故常携孙辈“登高望远，指画山河”。还命辛弃疾两度游历燕山，观察形势，探悉敌情，希望在有为之日能“投衅而起，以纾君父不共戴天之愤”(《美芹十论》)。绍兴三十一年(1161 年)，22 岁的辛弃疾，在家乡举起义旗，招募一支 2000 人的队伍，加入耿京领导的抗金义军，担任掌书记之职，参与军机谋划。旋受耿京之命，奉表南归，以取得南宋的领导与支援。叛徒张安国乘机谋杀耿京投敌，义军溃散。辛弃疾在归途中得悉其事，果敢地率轻骑五十，突袭五万之众的金营，活捉叛贼张安国，长驱踱淮，押至建康(今南京市)斩首。“壮声英慨，懦士为之兴起,圣天子一见三叹息。”(洪迈《稼轩记》)辛弃疾的英勇行为,声震大江南北。南宋统治者在惊叹之余,仅委以江阴(今属江苏)签判之职。从此辛弃疾留居南方,娶邢台范邦彦之女为妻,臣民南宋。在23至32岁这10年之间,先后担任与恢复大业无关的地方官职。历任江阴签判、广德军建康府通判、司农寺主簿、滁州知州、江东安抚使参议、仓部郎官、秘阁修撰、京西转运判官、湖北湖南江西等地安抚使,以及江西与两浙地方提点刑狱。虽有抗金复国之志,出将入相之才,却沉沦下僚,无法施展其抱负。在他任浙西提点刑狱的时候,横遭不白之冤。谏官王蔺诬他“用钱如泥沙,杀人如草芥”(《宋史》本传),因而遭到罢职处分,回到江西上饶的带湖庄园,开始了漫长的田园生活。他认为“人生在勤,当以力田为先”(《宋史》本传),故题其居为“稼轩”,并自号为“稼轩居士”,时年42岁。辛弃疾以壮盛之年,济世之才,有为之志,在江西上饶与铅山两地被闲置了18年之久。其间虽有两次被召出山,旋即废置。嘉泰三年(1203年)九月十日,这位忠诚的爱国志士赍志而殁,享年68岁。

辛弃疾早年受过传统的儒家教育,也濡染了佛道思想。他崇奉“真儒”,恪守儒训,具有“诗书万卷,致身须到古伊周”(《满江红·倦客新丰》)的政治抱负。在赋闲之后,亦出入老庄,谈禅说佛。但他的思想具有进步唯物的因素,认为世界是“有”,是客观存在而非幻觉,故说“人言大道本强名,毕竟名从有处生”(《偶题》)。因之对待社会的态度是现实的和进取的。

辛弃疾是一位有远见卓识的政治家,也是一位有勇有谋的爱国将领。在南宋统治集团的排挤打击之下,“入仕五十年,在朝不过老从官,在外不过江南一边帅”(谢枋得《祭稼轩先生墓记》)。这是辛弃疾的悲剧,也是南宋时代的悲剧。他的政治、军事才能虽被埋没,但抗金的理想,复国的抱负,一一发之于词,在文学上得到充分的表现。作为一位大词人,辛弃疾在作品中展示了时代的悲剧,也反映了他自己昂扬的战斗精神,教育了当代和后代的读者。

宋代流传的《辛稼轩集》,当为辛弃疾的全集。刘克庄在《辛稼轩集序》中说:“辛公文墨议论,尤英伟磊落。”“世之知公者,诵其诗词。”集中既有“议论”“文墨”,又有“诗”“词”,则为辛氏全集无疑。元人所编《诗渊》钞本中所录辛诗,均标明出自《宋稼轩集》,可知辛氏全集在元代仍有流传。《宋史·艺文志》还著录《稼轩奏议》1卷,当为政论专集。这些集子在明代以后,均湮没无闻。

辛弃疾的词集流传下来的有两个本子:一为《稼轩词》四卷本,分为甲乙丙丁四集。《直斋书录解题》《文献通考》均有著录。甲集编成于淳熙元年(1174年),所收大致为42岁以前官建康、滁州、湖北、湖南、江西等地所写的作品。乙、丙、丁三集中,因无帅浙东、守京口之作,一般认为是官江西等地之后嘉泰三年(1203年)之前的作品。四卷本宋刻不传,今有汲古阁影印宋钞本及明吴讷《唐宋名贤百家词集》本传世。所收作品去其重复,存词427首。二为《稼轩长短句》,十二卷本,即信州(今江西上饶)刻本。《直斋书录解题》《宋史·艺文志》均有著录。此书宋刻不传,北京图书馆藏有元大德三年(1299 年)广信书院孙粹然、张公俊刻本。明代有王诏校刊、李廉评点本。清代有王鹏运四印斋所刻词本。十二卷本乃依调之长短为序编排,存词 572 首。

今人邓广铭有《稼轩集编年笺注》,1963 年中华书局初版。全书共 8 卷,前 4 卷考证辛词的写作年代,依时间顺序编排。第五卷为作年无考词。第六卷为越州、杭州、润州、信州之作。第七卷为补遗。第八卷为旧本题记序跋。存词 626 首,是目前收词较富、编校最为精审的辛词通行本。

1975 年,上海人民出版社以大德本为底本,参校涵芬楼影汲古阁四卷钞本,并增收孔凡礼《全宋词补辑》中辛氏佚词 3 首,共得辛词 629 首,以《稼轩长短句》名义整理出版,此是目前收词最多的一个本子。

辛弃疾的诗文,今有邓广铭《辛稼轩诗文钞存》一书。此书是在清嘉庆年间法式善、辛启泰辑本的基础上补辑而成。书中对旧辑文字还作了校勘考订。该书是今天收集辛氏诗文最全的本子,1957 年上海古典文学出版社出版。

辛弃疾的词,从数量来看,计有 629 首之多,是宋人传词最富的一家。从内容来看,寓抗金复国的理想,怀致君尧舜的抱负,抒满腔忠愤之情怀,在词史上留下了光辉的一页。他在现实中不能实践自己的宏图,往往通过对旧事的回忆,表达其爱国思想。绍兴三十一年(1161 年),虞允文在采石矶大胜金兵之役,辛弃疾在多年之后写的《水调歌头·舟次扬州》一词中,用“汉家组练十万,列舰耸高楼”的词句,赞誉备至。山东起义,奉表南归,是辛弃疾一生的光辉起点。《鹧鸪天》“壮岁旌旗拥万夫”一词中,回忆了山东义军声势之浩大,战斗生活之紧张,南归场景之惊险,记录了辛弃疾从起义到南归的一段历程。在《破阵子·和陈同甫》一词中,追叙了山东义军的抗金历史,抒写了为国立功的伟大抱负,而以“可怜白发生”为结句,表现自己无所作为、莫可奈何的悲愤心情。

辛弃疾还有一部分词抒发他的政治情怀,表现他的政治见解。在《木兰花慢·滁州送范倅》一词中,希望范昂受到朝廷重用之后,推进抗金复国的大业,莫负“视草”“筹边”之厚望。在《水龙吟·寿韩南涧》一词中,坚信失地定能收复,国家定能统一,把“整顿乾坤”作为共同奋斗目标。在《菩萨蛮·书江西造口壁》一词中,表现了对沦陷区人民的深切怀念,坚信抗金复国是不可阻挡的历史潮流。辛弃疾自南归到逝世,在南宋生活了 45 年之久,其中有18 年时间被闲置于江西。其余 20 多年虽出仕过大小官职,畅行其志的时间甚少,而遭受排挤打击的时候居多,在无所作为的环境里虚度时光。作为一位爱国志士,他感到苦闷和彷徨,愤慨和寂寞,故其词中有许多寓悲愤于闲谈、自嘲自解、嬉笑怒骂的篇章。他的两首《水龙吟》(《登建康赏心亭》《过南涧双溪楼》),即是这类题材的作品。

由于歌唱抗金复国是辛词的抒情基调，所以他的许多闲适词中，表面虽写田园之乐、归隐之趣，但闲而不适，归而不宁，依然烙上了抗金色彩。血管流出来的终究是血啊！辛弃疾不为“莼羹鲈脍”，不为“求田问舍”，即使在“把吴钩看了，栏干拍遍，无人会、登临意”的情况下，也不愿归隐，但却被南宋当局闲置在江西带湖。他一到带湖新居，就与鸥鹭相约：“来往莫相猜”（《水调歌头·带湖吾甚爱》）。这是因为人间相猜过激，只得与禽类为盟，深刻地表现了被闲置的辛弃疾“闲”而不“适”的悲惨处境。

邓广铭《辛稼轩诗文钞存》中辑录其诗 124 首。其后孔凡礼《辛稼轩诗文补辑》（载《文史》第九辑）又补诗 19 首，共存辛诗 133 首。他的诗从不同的方面反映了他的生活与情感，与其词相互印证，彪炳生辉。不少诗作以犀利之笔抒发其遭谗见忌，不为权贵所容的悲愤之情。如在《送别湖南部曲》一诗中，用“愧我明珠成薏苡，负君赤手缚菸菟”的句子，写出了自己因横遭谗忌而连累部曲的愧疚心情。

辛弃疾的散文，邓广铭所辑计有 17 篇，多为奏疏之作。其中政论名著《美芹十论》和《九议》尤为世人推重。前者为乾道元年（1165 年）献给宋孝宗的，后者为乾道六年（1170 年）上给宰相虞允文的。这两篇名著，全面精辟地分析了当时的敌我形势，提出了南宋抗金复国的方略，显示了辛弃疾的经纶济世之才华。

辛弃疾文学上的成就是词。他在词学史上是一位划时代的作家。他的词不仅影响整个南宋词坛,其流风余韵一直沾溉晚清和近代。周济在《宋四家词选·目录序论》中说:"苏辛并称。东坡天趣独到处,殆成绝诣,而苦不经意,完璧甚少。稼轩则沉着痛快,有辄可循,南宋诸公,无不传其衣钵,固未可同年而语也。"这段话一是指出辛词的影响超过苏词,二是指出"南宋诸公,无不传其衣钵",可见影响之大。传其衣钵的南宋词人,约略计之,有 50 人之多,其著者有陆游、韩元吉、陈亮、刘过、袁去华、杨炎正、刘仙伦、赵善括、黄机、岳珂、程珌和稍后的刘克庄、戴复古、吴潜、程人杰、文天祥、刘辰翁等人。他们相互唱和,铜喉铁板,引吭高歌,影响所及,使南宋词坛形成一个创作倾向大致相同的爱国词派。刘克庄在《后村诗话》中说:"公所作大声鞺鞳,小声铿鍧,横绝六合,扫空万古,自有苍生以来所无。"这是南宋词人对辛词的一种颇有代表性的认识。刘克庄本人的词作,笔力豪宕,风格粗放,抒发其跃马扬鞭,抗金复国的豪情,显受辛词"大声鞺鞳"的影响。而刘过、陈同甫诸人的淋漓奔放之作,吸吮辛词膏泽之迹甚明。在南宋末年的抗元斗争中,辛词的爱国精神得到进一步的发扬。文天祥、刘辰翁等人的慷慨悲放,显然继承了辛词的精神传统。文天祥被俘往大都途中赠刘焌的《念奴娇》("乾坤能大"),表现了"丹心难灭"的浩然气概,宁死不屈的壮烈情怀,使辛词的精神传统升华到新的高度。刘辰翁是宋末存词较多的一位作家,《须溪词》传词三百五十余首，况蕙风明确指出“风格遒上似稼轩”(《蕙风词话》)。由于他身遭亡国之痛，故其词有辛词之率直而无其超逸之致；有辛词之蕴藉而无其豪迈气概。在宋末遗民词人中，刘辰翁是学辛甚力的一位作家。金末词人元好问，金亡不仕，以编纂故国文献为己任。其词慷慨悲凉，颇多伤时念乱之作，风格接近辛词。清代浙西词派领袖陈维崧，朱祖谋称其词“跋扈颇参青兕意”。“青兕”为辛弃疾豪放之风的代称，可见陈维崧在创作中是自觉地学习辛词的创作风尚的。近人梁启超的词作亦继承辛词的爱国传统。他那“费泪山河和梦远，凋年风雨挟愁来”的忧国伤时之慨，和辛词是一脉相承的。他在评辛词《摸鱼儿》(“更能消几番风雨”)时说：“回肠荡气，玉于此极。前无古人，后无来者。”在评《菩萨蛮》(“郁孤台下清江水”)时说：“如此大声鞺鞳，未曾有也。”(《饮冰室评词》)

辛弃疾的散文数量不多，但其政论名著《美芹十论》和《九议》，“笔势浩荡，智略辐凑，有《权书》《衡论》之风”(刘克庄《辛稼轩集序》)在当世就产生了巨大影响。这些文章，辩事明晰，说理深透，气势凌厉，所以刘克庄认为继承了苏洵《权书》《衡论》之文风。

辛弃疾的诗风与词风相近。前人认为“悲壮雄迈，惜为长短句所掩”(《后村诗话》)。由此可见辛弃疾不仅是一位“独胜”(词)，而且还是一位“多能”的作家。

(秦惠民)

《陆放翁集》陆游

一个人出生时的某些征兆,或许真会影响他一生的命运。这听来有些荒谬,但有时似乎也会得到验证。一个男孩,因为出生前他的母亲梦见了"苏门四学士"中那位名秦观、字少游的诗人,诗人的字和名就被颠倒过来用作这男孩的名和字,于是这个名陆游、字务观的男孩一生便与诗歌结下了不解之缘。

陆游(1125–1210年),南宋杰出爱国诗人,山阴(今浙江绍兴)人,1125年生于其父进京述职的旅途舟中,正遇上民族危亡的严重关头。是年岁尾,金兵大举南下,昏庸的北宋皇帝徽宗不思抵抗,急于逃命,匆匆把帝位传给太子赵桓,是为钦宗。而钦宗也是无能之辈,在金兵逼近东京(今河南省开封市)时,竟遣使求和,割地赔款,与金人签订了屈辱的城下之盟。第二年秋,金兵再度南侵。其时陆游的父亲已被罢官,携家南归,陆游随着家人在兵荒马乱中颠沛流离,他曾在诗中写道:"我生学步逢丧乱,家在中原厌奔窜。淮边夜闻贼马嘶,跳去不待鸡号旦。人怀一饼草间伏,往往经旬不炊爨……"(《三山闭门作歌》)这段经历给予陆游以极深的印象。南归后,陆游一家并未回到受兵乱威胁的原籍山阴(今浙江省绍兴市),而避居于浙江省东阳县乡间的土寨。此时康王赵构已在南京应天府(今河南省商丘市)称帝,即高宗,其后不久率百官南渡,形成偏安局面。宋高宗为一己之私,重用卖国求荣的大汉奸秦桧,力主议和,而人民群众和忠君爱国的士大夫则情绪激昂,力图恢复。陆游回忆道:"绍兴初,某甫成童,亲见当时士大夫相与言及国事,或裂眥嚼齿,或流涕痛哭,人人自期以杀身翊戴王室,虽丑裔方张,视之蔑如也。"(《跋傅给事帖》)幼年经历的刺激,父辈对敌寇的仇恨以及必欲战而胜之的坚定信念,在不知不觉中融入陆游的心灵深处,积蕴成为他抗敌杀贼、收复国土的壮烈情怀,又最终演化为贯穿陆游一生文学创作的爱国主义的高昂主题,回旋在《陆放翁集》中。

陆游一生的经历和创作,大致上可以划分为三个时期。

早年至乾道六年(1170年)陆游46岁入川之前为第一时期。由于出身于书香门第,陆游少年时受到良好教育,汲取了多方面的艺术营养,在诗文方面已小有名气。他"年十二,能诗文"(《宋史·陆游传》)。十三四岁时"偶见藤床上有渊明诗,因取读之,欣然会心",读得废寝忘食(《跋渊明集》);"年十七八时,读摩诘诗最熟"(《跋王右丞集》)。"余自少时,绝好岑嘉州诗。往在山中,每醉归,倚胡床睡,辄令儿曹诵之。"(《跋岑嘉州诗集》)但给予他最大影响的,还是江西诗派,尤其是该派代表人物之一,号茶山居士的曾几。陆游集中写到他与曾几关系的诗文相当多,对曾几非常推重。这不仅由于曾是当时著名的学者、诗人,也因为他是力主抗战,坚决反对秦桧误国的爱国志士。曾几的指教和积极影响,使陆游的爱国热情更加饱满,在早期作品中显示出乐观、豪迈的气概,如《夜读兵书》《闻武均州报已复西京》《送七兄赴扬州帅幕》《刘太尉挽歌辞》《出都》《投梁参政》等篇。29 岁(1153 年)时,陆游到临安(今浙江省杭州市)参加省试,被擢为第一。却也因此得罪秦桧,所以第二年殿试他被黜落了。10 年后,孝宗即位。经人推荐,陆游被赐以进士出身,授太上皇圣政所检讨官。此时他利用比较接近皇帝的便利条件,鼓吹北伐,提出了许多有利于抗敌的建议,并做了一些实际工作。《渭南文集》中所收《代二府与夏国主书》《蜡弹省劄》以及《贺张都督启》等篇即为此时所作。不久,随着张浚北伐失败,主和派得势,陆游即被贬为地方官。随即又以"交结台谏,鼓唱是非,力说张浚用兵"的罪名被免职还乡。乾道五年(1169 年)陆游被启用为夔州(今四川省奉节县)通判。次年他动身入川,开始了人生的第二阶段。

陆游在夔州并没呆多长时间,就由丞相虞允文提名,任四川宣抚使司干办公事兼检法官。乾道八年(1172 年)他随军进驻南郑(今陕西省汉中市)。陆游一生都高唱着爱国主义颂歌,主张抗金北伐,所谓"平生铁石心,忘家思报国"(《太息》),但他一生中真正参加对敌作战的机会并不多。因此南郑这段经历,对陆游有着不同寻常的意义。南郑处于抗金前线,实际战斗生活使陆游对现实有了更加直接也更加深刻的认识,为他的诗歌创作提供了坚实的生活基础。他的思想得以升华,有豁然开朗之感:“我苦学诗未有得,残余未免从人乞……四十从军驻南郑……诗家三昧忽见前,屈贾在眼元历历。天机云锦用在我,剪裁妙处非刀尺……”(《九月一日夜读诗稿有感走笔作歌》)以此为转折点,陆游的诗歌创作产生了质的飞跃。正当陆游积极为北伐做准备工作并从中汲取诗的灵感,精神极为振奋之时,局势发生了根本变化。四川宣抚使王炎内调临安,陆游改任成都府路安抚司参议官,其实是挂了一个空衔,此后又有多次播迁。他内心充满痛苦,借酒肆歌院消磨光阴,却又遭到言官对他的“燕饮颓放”的指责而受处分,被罢免了本已发表的知嘉州的职务。他心中好笑,从此索性自号“放翁”。淳熙五年(1178 年)陆游被召回临安,标志着他进入了人生的最后阶段。

东归之后,陆游先后在福建、江西、浙江等地做官,因坚持抗金并以诗歌抒发胸臆,深为当道者所忌。几度罢黜,几度起复之后,陆游已厌倦了官场,提出致仕(退休)的请求。自绍熙元年(1190 年)起到陆游逝世的 20 年间,除嘉泰二年(1202 年)他主持孝宗、光宗两朝实录的编修外,其余时间都在山阴老家的农村里过着宁静而简朴的生活。

陆游一生创作极为丰富,是我国诗歌史上绝无仅有的高产作家,自言“六十年间诗万首”。今存《剑南诗稿》85 卷,存诗 9300 余首,这在古代诗人中也是首屈一指的。

陆游的诗歌创作取得了多方面的成就。首先是其内容的丰富性。他的作品几乎反映了当时社会生活的所有方面,其中最主要的是反映抗金斗争的爱国诗篇,具有强烈的战斗性,表达了爱国志士的精神境界和人民群众的迫切愿望;同时对投降派痛加斥责。诗人反复表达了“一身报国有万死”的牺牲精神:“平生万里心,执戈王前驱。战死士所有,耻复守妻孥!”(《夜读兵书》)“丈夫可为酒色死?战场横尸胜床笫!”(《前有樽酒行》)“正令咿嘤死床箦,岂若横身当战场!”(《松骥行》)“誓捐一死报天子,兜鍪如箕铠如水。”(《壮士行》)他渴望过“上马击狂胡,下马草军书”(《观大散关图有感》)的战斗生活,而耻于做一个腐儒:“愿闻下诏遣材官,耻作腐儒长碌碌!”(《融州寄松纹剑》)“岂其马上破贼手,哦诗长作寒螿鸣?”(《长歌行》)他对卖国求荣的和戎政策作了深刻的揭露和批判:“和戎自古非长策”(《估客有来自蔡州者感怅弥日》),“诸公尚守和亲策,志士虚捐少壮年”(《感愤》),“生逢和亲最可伤,岁辇金絮输胡羌”(《陇头水》)。他将批判矛头直指投降派:“诸公可叹善谋身,误国当时岂一秦?不望夷吾出江左,新亭对泣亦无人!”(《追感往事》)“公卿有党排宗泽,帷幄无人用岳飞。”(《夜读范至能揽辔录言中原父老见使者多挥涕感其事作绝句》)

面对奸佞当道,壮志难酬的现实,他更多地抒发出报国无门的愤慨:“老生自悯归耕久,无地能捐六尺躯。”(《闻蜀盗已平献馘庙社喜而有述》)“夜视太白收光芒,报国欲死无战场。”(《陇头水》)“所嗟此身老益穷,蹭蹬无功上麟阁。”(《初冬风雨骤寒作短歌》)“白头不试平戎策,虚向江湖过此生。”(《太息》)“可怜万里平戎志,尽付萧萧暮雨中。”(《夏日杂题》)“读书有味身忘老,报国无期涕每倾。”(《不寐》)他对沦陷区中的人民寄予无限同情:“和戎诏下十五年,将军不战空临边。朱门沉沉按歌舞,厩马肥死弓断弦。戍楼刁斗催落月,三十从军今白发。笛里谁知壮志心,沙头空照征人骨。中原干戈古亦闻,岂有逆胡传子孙。遗民忍死望恢复,几处今宵垂泪痕!”(《关山月》)“三万里河东入海,五千仞岳上摩天。遗民泪尽胡尘里,南望王师又一年。”(《秋夜将晓出篱门迎凉有感》)

现实的冷酷无情迫使诗人运用丰富的想象, 借助虚幻的梦境,来实现自己爱国主义的感情寄托:“壮心自笑何时豁,梦绕梁州古战场。”(《秋思》)“三更抚枕忽大叫,梦中夺得松亭关。”(《楼上醉书》)“谁知蓬窗梦, 中有铁马声。”(《书悲》)“僵卧孤村不自哀,尚思为国戍轮台。夜阑卧听风吹雨,铁马冰河入梦来。”(《十一月四日风雨大作》)他还曾“梦从大驾亲征,尽复汉唐故地”。

直到诗人晚年,这种爱国主义的情怀仍然以其深厚的底蕴得到极其强烈的表现:“七十衰翁卧故山,镜中无复旧朱颜。一联轻甲流尘积,不为君王戍玉关。”(《看镜》)“老马虺隤依晚照,自计岂堪三品料,玉鞭金络付梦想,瘦稗枯萁空咀嚼。中原煌旱胡运衰,王师北伐方传诏。一闻战鼓意气生, 犹能为国平燕赵。”(《老马

行》)

钱钟书先生高度评价陆游这种慷慨忘身,以死报国的意志和信念。他认为,在两宋其他诗人的作品中,“也偶然流露过这种‘修我戈矛,与子同仇’的气魄和心情,可是从没有人像陆游那样把它发挥得淋漓酣畅”(《宋诗选注》)。前人诗中表现得较多的是哀伤、慨叹或忧愤的情绪,而陆游则以一个战士的姿态,高呼“从戎”“拥马横戈”“上马击贼”,他渴望“虎视直欲吞北荒”“手枭逆贼清旧京”,因而他的爱国主义诗篇也就更具振奋人心的巨大力量。

此外,陆游在晚年闲居期间,还写过一些反映农村生活的诗篇,其中既有对优美自然风气的清新描写,也在客观上反映了农民遭受统治阶级残酷压榨剥削的惨状。在著名的《农家叹》中写道:“……牛领疮见骨,叱叱犹夜耕……门前谁剥啄,县吏征租声。一身入县庭,日夜穷笞搒。”又如“有司或苛取,兼并亦豪夺,正如横江网,一举孰能脱”(《书叹》),从中反映出诗人对农民命运的深切关心。

陆游在诗歌创作之外,填词也有较为丰硕的收获。虽然无论在数量和质量上,其词作都不能与其诗相埒,但在表现爱国主义这一点上,两者则是一致的。他在《夜游宫》(“记梦,寄师伯浑”)、《谢他春》(“壮岁从戎”)、《鹧鸪天》(“家住苍烟落照间”)等词作中,同样表达了“自许封侯在万里”“气吞残虏”的壮烈情怀。他的激情,他的宏愿,他的悲愤以及他的感慨,都在词作中得以充分展现。此外,他怀念前妻,描写爱情的《钗头凤》("红酥手")也成为千古流传的名篇。

作为一个伟大的爱国主义诗人,陆游在创作上取得了巨大成就;同时,他也注意总结创作经验,在理论上有自己的独特见解。他反对寻章摘句、堆砌辞藻的形式主义方法:"组绣纷纷衔女工,诗家于此欲途穷。"(《即事》)以自己的切身体会教育后代从"诗外"亦即社会生活中去捕捉诗情:"我初学诗日,但欲工藻绘。中年始少悟,渐若窥宏大……汝果欲学诗,功夫在诗外。"(《示子遹》)他对圆熟华美或琢琱奇险等不良创作倾向提出批评,而主张加强修养,追求意境的创造:"琢琱自是文章病,奇险尤伤气骨多。"(《读近人诗》)"文章要须到屈宋,万仞青霄下鸾凤。区区圆美非绝伦,弹丸之评方误人。"(《答郑虞任检法见赠》)"文章最忌百家衣,火龙黼黻世不知,谁能养气塞天地,吐出自足成虹蜺。"(《次韵和杨伯子主簿见赠》)他早年虽曾从江西诗派学诗,但到中年以后,几乎完全摆脱了江西诗派的消极影响,反过来对其"无一字无来历"的泥古陋习提出批评,而认为作诗的诀要在活生生的现实之中:"法不孤生自古同,痴人乃欲镂虚空。君诗妙处吾能识,尽在山程水驿中。"(《题庐陵萧彦毓秀才诗卷后》)他的这些主张都颇有见地,至今仍具有现实指导意义。

陆游既是诗人、词人、诗论家,也是一位历史学家和优秀散文作家。他的《南唐书》虽属私人修史,但取材宏富,持论平正,并且在维护国家正统方面具有重大政治意义;其中的传论部分颇多警策之言,作者有意以古鉴今,给偏安江左的南宋统治者敲响了警钟。他的六卷《入蜀记》可看作一部独立作品,记载了陆游当年自浙入蜀途中的见闻。行文自然,夹叙夹议;对沿途风景名胜、世俗人情多有描绘,而写三峡景物尤为鲜明。《老学庵笔记》十卷,每条二三十字至三四百字不等,或记日常琐事,以小见大,寓以深意;或记时政文学,简明精辟,蕴涵丰富,能给人以启迪,亦具珍贵的历史资料价值。此外,还有大量题跋、疏奏文字。朱东润先生认为,陆游的散文创作亦可称为大手笔,成就远在苏洵、苏辙之上。

陆游以其多方面的创作才能、尤其是诗歌创作的辉煌业绩,在宋代文学史上占据了突出地位,对后世产生了巨大影响,也得到极高的评价。他的同时代人周必大称他为"小李白"。戴复古推许他的诗作"南渡百年无此奇"。刘克庄称他为"南渡而下,故为一大宗"。冯煦则认为:"剑南屏除纤艳,独往独来,其逋峭沈郁之概,求之有宋诸家,无可方比。"(《宋六十一家词选例言》)。至于对其艺术风格和体裁方面的评论,可谓好评如潮,不胜枚举。然而人们更为推崇的是陆诗中的爱国主义思想和现实主义精神。嘉定二年(1210年),85岁高龄的陆游在临终时还写下了催人泪下的《示儿》诗:"死去元知万事空,但悲不见九州同。王师北定中原日,家祭无忘告乃翁!"这震撼人心的呼声,呼唤着世世代代人民的爱国热情,也使陆游的光辉形象永世长存。梁启超《读陆放翁集》一诗对此作了最好的概括："诗界千年靡靡风，兵魂销尽国魂空。集中十九从军乐，亘古男儿一放翁。"

（蔡赓生）

《世说新语》 刘义庆

《世说新语》是南北朝时刘宋宗室、临川王刘义庆主持撰写的一部笔记体小说，因为它主要记载两汉魏晋时代一些人物的轶闻琐事，而与志怪相对，因此鲁迅称之为"志人小说"(《中国小说的历史的变迁》)。这种"琐言"体小说，创始于西汉刘向(刘向著有《世说》，今佚)，而盛行于魏晋，西晋郭颁撰《魏晋世语》，东晋袁宏撰《名士传》，裴启撰《语林》，郭澄之撰《郭子》，然而这些书皆已散佚。刘义庆《世说新语》则是集其大成者，且全书完整地保存下来，因此弥足珍贵。

刘义庆(403–444年)，彭城(今江苏徐州)人，袭封临川王，曾任南兖州刺史，加开府仪同三司。《宋书》本传说他"性简素，寡嗜欲，爱好文义"，本人才学并不高，但是喜欢"招聚文学之士"，因此《世说新语》可能是由他主持，而由他的门客们集体撰写的。原书8卷(《隋书·经籍志》著录)，刘孝标注本作10卷，今传本皆为3卷，系经宋人晏殊等删并。此书唐写本又题作《世说新书》，宋人版本皆题作《世说新语》。梁朝刘孝标为《世说新语》作注，用力甚勤，征引繁博,所用之书多达400余种,这些书已大多散佚。刘孝标注《世说新语》不仅在思想史、文化史、文学史方面有重要意义,而且具有很高的文献学的价值,它成为一代又一代学子文人案头必备之书。

今本《世说新语》分为“德行”“言语”“政事”“文学”等36个门类,从这些门类的划分来看,显然都是关系“人”的品行、个性、素养、气质、道德、才能等诸般品质的。从时间上说,包括了西汉、东汉、魏、西晋、东晋五个朝代,但记西汉事只有5条,主要是记汉末、魏晋以来300年间士大夫们的言谈轶事,重点记东晋这100年间的人事。从涉及的人物来看,有帝王,如汉武帝、汉元帝、魏文帝、晋武帝、晋明帝等;有宰相大臣,如曹操、王导、谢安等;有大将军,如桓温、王敦等;但更多的是各朝名士,如李膺、陈蕃、何晏、阮籍、稽康、王善之等,旁及名媛闺秀、山林隐士、道流沙门,重要人物不下五六百人。如此之长的时间跨度,如此众多的各色人物,再加上凝练、含蓄、隽永、清新的笔触,真是异彩纷呈,读者读《世说新语》,真好比“从山阴道上行”,“使人应接不暇”(《言语》)。

《世说新语》的内容尽管繁富驳杂,但它主要的思想价值则在于通过对汉末至东晋年间士大夫们言谈轶事的纪实性描写,反映了玄学思潮的勃兴,真实记录了汉魏两晋士人心态的发展历程。透过这个心灵的窗口,人们又可以察知汉末至魏晋这300年间社会政治、思想道德观念、风俗人情演变的实际情况。

中国学术思想从先秦诸子百家争鸣到汉武帝“罢黜百家,独尊儒术”,是一大转折。从两汉儒学独尊,到魏晋玄学的产生,又是一大转折。两汉儒学的一统地位是与两汉大一统的封建专制统治相适应的,或者说是这种专制统治所需要的。东汉末年,宦官与外戚交替擅权与互相争夺,削弱了中央政府的统治。到了桓、灵之世,宦官与外戚两败俱伤,野心家董卓乘机而起,企图废汉自立,引得群雄竞逐,汉朝廷于是灭亡。随之而来的三国鼎立,又把中国卷入无休止的兵燹战祸之中。后来虽有西晋的暂时混一,接着而来的又是八王之乱,十六国混战,东晋偏安江左。自汉末到魏晋的这300年,是中国社会最黑暗、老百姓生活最痛苦的时期。痛苦需要解脱,于是道教产生了,佛教亦于此时传入中国,且得到迅速的传播。随着中央政权的崩坍,儒学的统治地位也就结束了,道家、名家、法家各家的思想重新活跃起来。士人的思想得到了解放,他们通过对现实、人生的反思,建立起一种融道家、儒家、名家、佛家为一体的新的思想体系——玄学。“玄”是黑色,又有微妙、神秘等意思。“玄之又玄,众妙之门”(《老子》第一章),因此玄学又被称为新道家(冯友兰《中国哲学简史》)。《世说新语·文学》记载说:

> 客问乐令“旨不至”者。乐亦不复剖析文句,直以麈尾柄确几曰:“至不?”客曰:“至。”乐因又举麈尾曰:“若至者,那得去?”于是客乃悟服。乐辞约而旨达,皆此类。

这是乐广谈玄的一个典型事例。从这个事例来看,“玄”并非神秘,实质是“形而上”的哲学问题。乐广用辩“至”的名的方法,来析"至"的理。除了名理之外,玄学还涉及有无、本末、体用、才性、言意,以至养生、声无哀乐等诸多命题。所有这些问题,实质上都是现实生活中名教与自然发生剧烈矛盾冲突的产物。从魏正始名士何晏、王弼、夏侯玄开始创立的玄学,反映了汉末以来个性觉醒,重自我,重感情,任情放纵的思想潮流。因此,"玄学思潮的出现,乃是汉末以来士人心态转向自我的产物,是对于个性觉醒和由这觉醒而引发的种种问题的理论阐释"(罗宗强《玄学与魏晋士人心态》)。

《世说新语》全面记录了士人个性意识觉醒的过程及其种种表现。

这个觉醒过程肇始于东汉末年的名士。东汉名士是在两次党禁中产生的。当时的名士如李膺、范谤、陈蕃等,本是在儒学正统思想哺育下成长起来的士人。他们本是对汉朝廷忠心耿耿,只因对朝政不满,敢于议论朝政,结果却受到宦官势力的残酷打击和迫害。信而见疑,忠而被谤,这是怎样的悲哀!然而迫害虽促使他们与大一统政权疏离,另一方面却提高了他们在士人中的声望。他们成了众人崇拜的名士。这些名士却也不负众望,更加意气风发,指斥朝政,品评人物,他们成了舆论的中心。《世说新语》在开宗明义的第一篇"德行"中记载了这些名士的事迹:

> 陈仲举言为士则,行为世范,登车揽辔,有澄清天下之志……
>
> 李元礼风格秀整,高自标持,欲以天下名教是非为己任。后进之士,有升其堂者,皆以为登龙门。

陈仲举即陈蕃，李元礼即李膺，他们本来不过是很普通的官吏，因他们敢于同宦官腐朽势力作斗争，遭致党锢之祸，而成了一代士人的精神领袖。只要经过他们的片言褒奖，其人立即身价百倍。他们的一言一行都被人模仿，名士们亦以节操自律。于是高自标榜，讲求高风亮节，成了一代士人的风习。《方正》篇记载说：

南阳宗世林，魏武同时，而甚薄其为人，不与之交。及魏武作司空，总朝政，从容问宗曰"可以交未？"答曰："松柏之志犹存。"世林既以忤旨见疏，位不配德，文帝兄弟每造其门，皆独拜床下，其见礼如此。

宗世林，名承，南阳人。《楚国先贤传》说："承少而修德雅正，确然不群，征聘不就，闻德而至者如林。"他鄙视曹操，不与他交往，后来曹操当了大官，他依然故我，"松柏之志犹存"。东汉名士因朝政黑暗而鄙弃功名，却并不遁迹山林，隐居避世，而是以清议奇行来耸动士林，以己之高节而污秽朝廷。其结果是"逃名而名我随，避名而名我追"，名士的名声反而更大。与名士崇拜相联系的，是汉末看重人格、风姿的社会风气。《赏誉》篇注引《李氏家传》说：

膺岳峙渊清，峻貌贵重。华夏称曰："颍川李府君，硕硕如玉山。汝南陈仲举，轩轩若千里马。南阳朱公叔，飂飂如行松柏之下。这种对人的风度、气质的鉴赏、品评，揭开了人性新的一页，直接启发了魏晋士人自我意识的觉醒。

魏晋时代士人的心态受到社会政治状况和玄学思潮两方面的影响，在汉末个性解放的基础上又有新的发展。魏晋社会状况有这样几个特点：

一是战乱频仍,人命如草芥。“白骨露于野,千里无鸡鸣”(曹操《蒿里行》),这是对当时社会的真实写照。战争对生灵的屠戮促使人们反思生命存在的价值,敏感的士人更是如此。于是感叹人生无常、生命短促成了时代的主旋律。“对酒当歌,人生几何?譬如朝露,去日苦多。”(曹操《短歌行》)“天地无终极,人命若朝露。”(曹植《送应氏》)“人生若尘露,天道邈悠悠。”(阮籍《咏怀》)由人生短促引发了对生的依恋,于是纵欲、追求奢侈享乐成了时尚。“酌桂酒,脍鲤肪,与佳人期为乐康,前奉玉卮,为我行觞。”(曹丕《大墙上蒿行》)《汰侈》篇记载说:

> 王君夫以粉糒澳釜,石季伦用蜡烛作炊。君夫作紫丝布步障碧绫里四十里,石崇作锦步障五十里以敌之。石以椒为泥,王以赤石脂泥壁。

像王恺和石崇这样争奢斗侈的行为在两晋士人中并不罕见。

二是魏晋两朝政治的黑暗和腐败更甚于东汉末年。这两朝都以篡弑攘夺为特色。曹操一方面自己纵情放达,另一方面又不容许别人放达。他杀了刚直不阿的名士孔融,又借他人之手杀了恃才傲物的名士祢衡。曹丕不仅篡汉自立,而且残杀兄弟,毫无手足之情。司马氏一报还一报,不仅篡夺曹氏帝位,同时大杀曹氏宗族,以及依附曹魏的名士如何晏、邓飏、丁谧等。魏晋两朝的君主都是没有操守的。因为他们得国不正,篡弑本身与传统观念是对立的,因此他们自身都是名教的叛逆者。曹操信奉法家,用人唯才,只要有才,“不仁不孝”都可以用。他不拘礼法,纵情任性,又好女色。曹丕、曹植也是如此。曹操死后,曹丕将曹操侍妾全部收进宫中,毫不讲什么廉耻,以至他的母亲卞后也骂他“狗鼠不食”(《贤媛》)。但是,当名士们也效法他们纵情任性,旷达放羁,而危及他们统治的时候,他们却又借名教的名义把士人杀掉。如曹操杀祢衡,司马氏杀稽康。稽康因为“非汤、武而薄周、孔”“越名教而任自然”,结果不见容于以名教作伪饰的司马氏政权。

正是在这样的社会政治环境之下,士人们由东汉末年的清议转为清谈,又由清谈转为谈玄。他们不再谈论政治,而是谈《易》,谈《志》,谈“庄”(即所谓“三玄”)。而其核心内容,即是顺应自然。理性已经崩塌,名教成了虚伪,人性便显露出来。于是追求个性自由发展,注重自我,注重感情,狂简旷达,纵性任情,追求享乐成了士人的理想和目标。人的自我意识觉醒了。玄学即是这种社会思潮的理论升华。

魏晋时代人的自我意识的觉醒表现在各方面。因为宇宙的无穷,而感叹人生短暂、无常是一种表现,因人生短暂而纵欲、而及时行乐也是一种表现。旷达、轻脱也是一种表现:

刘伶恒纵酒放达,或脱衣裸形在屋中,人见讥之。伶曰:“我以天地为栋宇,屋室为裈衣,诸君何为入我裈中。”(《任诞》)

纵性任情,我行我素也是一种表现:

钟士季精有才理,先不识嵇康。钟要于时贤俊之士,俱往寻康。康方大树下锻,向子期为佐鼓排,康扬槌不辍,傍若无人,移时不交一言。钟起去,康曰:“何所闻而来?何

所见而去？”钟曰：“闻所闻而来，见所见而去。”(《简傲》)

魏晋士人对自我人性的发现是前所未有的。在《世说新语》中，我们看到了人性的诸般展露：从高尚的“德行”，到卑鄙的情欲，如“假谲”“汰侈”“谗险”“俭啬”等。它告诉人们人性有善有恶，有好有坏，人的个性和感情世界无比丰富。人们还第一次发现了自身的人体美：

潘安仁、夏侯湛并有美容，喜同行，时人谓之连璧。(《容止》)

裴令公有俊容仪，脱冠冕，粗服乱头皆好，时人以为“玉人”。见者曰：“见裴叔则，如玉山上行，光映照人。”(《容止》)

人们不仅发现了自身的美，同时也发现了自然山水的美：

顾长康从会稽还，人问山川之美，顾云：“千岩竞秀，万壑争流，草木蒙笼其上，若云兴霞蔚。”(《言语》)

魏晋时代又是人的审美意识大发展和文学自觉意识形成的时代。

《世说新语》因为展开对人的个性的全面描写而在中国小说史上据有重要的地位。它不仅开创了“志人”这一文言小说流派，还以玄远隽永的叙事语言、生动传神的白描手法为《三国演义》《水浒传》《儒林外史》《红楼梦》等白话长篇小说提供了艺术经验。

《世说新语》堪称中国文化史中的一座宝库。

(傅隆基)

《水浒传》 施耐庵

在中国绚丽多姿的文学百花园里,《水浒传》是一朵芬芳的奇葩。它是第一部描写农民起义从发生到发展壮大再到走向完全失败全过程的长篇小说,又是第一部用白话创作的英雄传奇。

关于《水浒传》这部不朽之作的作者,历来说法不一,据不同的史料记载,得出的结论也就不同。有的认为是罗贯中作,有的则判定乃施耐庵的手笔,也有的认为是罗贯中、施耐庵联袂完成,还有的说是施惠的作品。根据学术界的多年考证,一般认为《水浒》最后的作者是施耐庵。

施耐庵的生卒年月、籍贯、活动情况,史书和有关典籍记载甚少,故难以具体勾画其生平轮廓。根据现有的零星材料和学术界的多年考证,施耐庵乃元末明初人,生活于动乱时代,居住活动在农民起义最为活跃的江浙地区;一生遭际坎坷,郁郁不得志;生性耿介,不愿卑躬屈节。正是由于仕途险恶,有志难酬,使之弃官归里,发愤著书,继承前人成果,创作出了至今光彩灼人的伟大著作《水浒传》。历史掩埋了施耐庵的个人史迹,却遮不住优秀作品的时间穿透力。

《水浒传》与《三国演义》《西游记》等小说一样，不纯是某一个人的独创，而是在长期流传的水浒故事的基础上，经过民间艺人的加工创造，最后由施耐庵总结前人的艺术成果而写成的。因此，这部小说，既凝聚了作者的心血，又凝聚了人民的智慧才能。

《水浒传》描写的是北宋末年以宋江为首的农民起义的故事。宋江在历史上确有其人，他所领导的农民起义，在正史、野史里均有记载。综合起来，大体有三点：宋江所领导的起义声势浩大，纵横数省，而主要骨干为36人；宋江领导的义军，最终失败了，宋江或被招降，或被擒而降，史料说法各异；宋江投降后，参与了镇压方腊的军事行动。这些史载，是《水浒传》的本事依据。但这些片断史料是不够的，不过，又正因为史实有限，为人民群众和民间艺人以及施耐庵等人的创作，留下了自由想象的天地，人们可以根据自身的社会、审美理想，来塑造他们心中的英雄。从宋江起义到《水浒传》成书，正是北方女真、蒙古族先后南下中原，广大中原人民纷举义旗，结寨聚众、进行反抗的时候，宋江等36人的英雄事迹，自然就成了歌颂传咏的对象，人民希望在这些草莽英雄身上，表达自己的意愿并以此取得鼓舞斗志的力量。大致在北宋末到南宋初年，宋江等人的故事还处于民间口头流传的阶段，到宋末和元初，就发展到文人创作，即从口头传说进入文学创作、艺术创作阶段。宋末元初，画家龚开根据“街头巷尾”的传说，初次完整地记录了宋江等 36 人的姓名及绰号，创作出《宋江三十六人赞》的画像，画家兼文学家龚圣与为画像写了“赞”和“序”。其实，在南宋时就有了民间艺人编的平话。南宋人罗烨在《醉翁谈录》中便记载了南宋杭州说书艺人讲说的许多说话名目，其中有“石头孙立”“花和尚”“武行者”“戴嗣宗”“青面兽”等。这虽是些独立的水浒“小说”，但为长篇的出现开辟了道路。元代初，一部叫《大宋宣和遗事》的著作，就保存了有关水浒故事的长篇平话底本，故事仍然简单，情节十分粗糙，但提供了一个基本故事框架，为《水浒传》的最终写作奠定了故事情节基础。进入元代，水浒故事从口头、书本又走上了戏曲舞台。当时作家们创作了大量的“水浒戏”，存留至今的剧目尚有 33 种，剧本 6 种。在这些戏里，宋江等 36 人发展到 108 个，梁山水泊已成为义军的大本营，宋江带酒杀阎婆惜，最后走上梁山并在后来被推为头领，“替天行道”已成为义军的口号纲领。这些与后来的《水浒传》已相当一致或接近了。施耐庵正是在大量文艺作品、史料和传说的基础上，进行艺术加工和创作，从而完成了青史永存的《水浒传》。

《水浒传》的版本相当复杂。小说的名称也屡经变易。最初名《江湖豪客传》，书出后，首先名为《宋江》，后再名《水浒传》《忠义水浒传》，崇祯末年，又与《三国演义》合刻称为《英雄谱》。现存的版本系统中，百回本数明嘉靖间的郭勋本，征辽故事的插入，大体在此时。现存最早的 120 回本，是明末杨定见本。但平田虎、王庆的故事并非始于此书，此前福建建安出版的各种称为“闽本”的书中，就有了这些故事。杨定见等人的120回本出现不久，又出现了金圣叹的70回本，此本，又称贯华堂本。金本删掉了70回以后的文字，到“排座次”为止，在70回后，又增撰了卢俊义梦神人将108个英雄杀绝的内容。此本出来后，流传很广，代替了其他一切本子，成为在普通读者中唯一流行的本子。近40多年来，100回本、120回本都已出版，为研究《水浒传》和一般读者了解《水浒传》的全部内容提供了方便。

《水浒传》的思想内容极为复杂，从总体上讲，小说以生动的艺术描写，反映了农民起义的整个过程，深刻地挖掘了起义的社会根源，塑造了起义英雄群像，并通过他们不同的反抗道路展现了起义从星星之火发展到燎原之火的斗争过程，客观上揭示了起义失败的内在原因。

小说揭露了封建统治的罪恶，展现了人民群众与统治者之间不可调和的矛盾，挖掘了农民起义的社会现实根源。

小说一开篇就推出了高俅这个人物。他本是“浮浪破落户子弟”，因踢得一脚好球，深得徽宗赏识，从此青云直上，直做到殿帅府太尉之职。小人得志，猖獗一时。他倚势恃强，与蔡京、童贯这些炙手可热的权贵狼狈为奸，把持朝政，无恶不作，滥杀无辜。许多大小官吏多系他的亲友朋党，他们相互依赖，作威作福，搜刮民脂民膏，迫害忠良，陷害与己不和之人。作品首先写这个人物，意在表明“乱自上作”这一思想。无道昏君及宠臣为代表的腐朽集团，加上张都监、蒋门神、祝朝奉、西门庆和各级官府的役吏、差拨、爪牙，构成了一张黑暗残酷的专制之网，正是在这样的社会现实中，人民群众及统治者内部的正义之士，不得不铤而走险，踏上造反求生存的道路。一言以蔽之：官逼民反。小说以形象生动的事实，揭示了水浒英雄是如何被逼上梁山，聚义忠义堂，拉起起义大旗的。李逵、阮氏三雄是在走投无路之下奋起反抗的；像林冲、武松、鲁智深等中下层官员，同样是忍无可忍被迫走上梁山的；连家藏“丹书铁券”的世袭贵族柴进、将门后裔杨志、家有巨财的卢俊义，也都先后为避害卷入起义队伍。这些人物中，林冲尤为典型。作为八十万禁军教头，有漂亮的夫人，和谐美满的家庭，他本想安分守己，平安做人。没想到黑暗的社会却不能容忍他的存在。高衙内调戏他的妻子，身怀绝艺的他却束手无策，只好忍气吞声，息事宁人。然而，邪恶势力步步紧逼，他落入种种陷阱终被发配，又险遭解差毒手。鲁智深救了他，但他仍去服刑，指望刑满回家。直到对头放火烧草料场，欲置他于死地，他才渐渐觉悟，忍无可忍，走上了反抗之路，上了梁山。显然，是社会的黑暗逼他一步步走向造反的。连这样的忠厚本分之人都不能自保，可见社会的腐朽黑暗达到了何等程度。

小说以极大的热情，塑造了诸如李逵、武松、鲁智深等许多起义英雄的形象，展现了他们嫉恶如仇、侠肝义胆的优秀品质，在他们身上寄托了人民对正义的追求,表达了强烈的渴望除暴安良英雄的心情。李逵出身贫苦,因打死人,逃到江州当了小牢子。他性格鲁莽,心地坦荡,但立场坚定,勇于造反,有敢把皇帝拉下马的无畏气度;他反对招安,直至死后,大宋皇帝在梦中也被他吓得冷汗淋淋;他忠于友情,舍生忘死,对贫苦人民感情深厚;他纯朴天真,有时考虑问题简单,做事不讲策略,心胸相对狭隘。李逵是一个典型的农民英雄,体现了农民的优点及弱点。武松的经历更具传奇色彩。他武艺高强,秉性刚烈,好打抱不平,对恶势力毫不手软。但他头脑中有较强的封建伦理道德信条,私人恩仇观念非常浓厚。当上阳谷县都头后,一心想尽忠效力。后来种种血的教训,使他认清了统治者的真面目,决心奋起反抗,大闹飞云浦,血溅鸳鸯楼,最后投奔梁山,成为坚定的起义英雄。鲁智深是一个一无所有的下级军官,性格粗野,心地纯厚,对不平之事勇于挺身而出,敢于向罪恶势力主动挑战。“禅杖打开危险路,戒刀杀尽不平人”,就概括了他的性格及豪杰本色。由于为救金氏父女,拳打郑关西,无地容身,出家当了和尚。但他不守戒律,以心性要求为行为准则。他为救林冲,大闹野猪林;为援救被迫害者,不惜与统治者反抗到底;他奉行“杀人须见血,救人须救彻”的信条,表现出了一种舍己为人、热心快肠的充满正义感的英雄精神。此外,像阮小二、阮小五、阮小七、张横、张顺、石秀、燕青等人,也塑造得相当成功。这些形象,具有深厚的民族内容,是中华民族性格的艺术表现,他们的品格、精神，正是民族赖以生存发展的基本条件。

小说还细致生动地描写了起义军由小到大的发展历程，表现出了“八方共域，异姓一家”的社会理想。《水浒传》写起义造反的过程大体是这样的：先是个人反抗，然后走上梁山，形成小规模的联合体进行斗争，最后各豪杰纷纷上山，四方民众群起响应，以“替天行道”为旗帜，建立起武装割据政权的根据地，从而上演出同统治者进行大规模军事对抗的雄壮活剧。三打祝家庄，踏平曾头市，两败童贯，三胜高俅，对统治者造成了极大的威胁。到了英雄“排座次”时，起义事业如日中天，力量强大，队伍精良。起义队伍企图在梁山泊这块天地中，建立一个“千里面朝夕相见，一寸心死生可同”“忠诚信心并无差”“不分贵贱”“无问亲疏”“识性同居”“随才器使”的平等和平均主义理想的社会。这是一种美好的愿望，不过，又是一个难以实现的乌托邦之梦。然而它毕竟代表了那个时代人民的希望，是对黑暗社会射出的一支批判的箭，是团结农民改造现实社会的凝聚剂。

宋江等人的结局是悲剧性的，他们的悲剧恰好揭示出了起义失败的内在原因，这在小说中亦是非常重要的内容。小说中确实贯穿了“只反贪官，不反皇帝”的思想，三阮、鲁智深、李逵等人有这样的正统观念，尤其是在宋江身上表现更为突出。作为领袖，宋江有他的优点，反对强暴，同情人民，“周人之急，扶人之因”，体现了“义”的积极性特质。他精明练达，善于团结人，具有良好的个人品质和领袖的某些素养。但是，作为知识分子的他，浓厚的正统思想和忠君意识，使他一开始就难有彻底推翻大宋王朝的革命思想，上梁山对他而言，不过是“权借水泊暂时避避难”。他一心追求的仍是封建文人“封妻荫子，青史留名”的理想。因此，他始终认为起义是“造恶”，是“逆天大罪”。显然，宋江是集忠义于一身的形象，而“忠”却是他思想的核心，这就决定了他受招安的必然性。但是，小说并没有给受招安的水浒英雄一个美满结局，虽然他们为朝廷征辽立过功，征田虎、王庆，打方腊，也效过力。宋江最后被朝廷派人毒死，李逵等人也惨遭不幸，整个梁山义军彻底被分解而毁灭。小说在这一点上是深刻的，既写出了封建社会一切起义者的悲剧性结局，又揭示了统治者的阴险毒辣，既宣扬了忠君的思想，又客观上宣告愚忠的可悲下场。

《水浒传》的影响巨大而又广泛。几百年来，它的反抗精神、乐观主义、理想化的英雄，一直为人民所乐道，鼓舞着被压迫者的反抗斗争。从明末李自成起义到太平天国、义和团运动，甚至民间的秘密反清组织天地会等，无不受其影响。反之，统治者则对它大加贬斥，极尽诬蔑、攻击、禁毁之能事，对民间上演的各种水浒戏和有关说书也不放过。正反两方面的史实说明一点：《水浒传》的力量是巨大的。无论怎么禁毁，人民心中始终保持着对《水浒传》的热情。武松、李逵、鲁智深、宋江、吴用等人，以不同的性格和形象内涵，影响着人们的心灵、性格与智慧，他们已成为家喻户晓的英雄、义士或智慧的代表。有的甚至已化为一种经验,一种口头语,一种人格的代表,广泛流行在人民之中,从某种意义上讲,已变成民族性格的一部分,融入民族精神之中。《水浒传》对后来文学创作的影响同样巨大。它首开长篇英雄传奇之先河,后出的《皇明英烈传》《说唐》《杨家将》《说岳》《水浒后传》《女仙外史》无不见到它影响的印记;《水浒传》还为戏曲提供了直接的题材,明清时代,剧作甚众;至于各种民间文艺、说唱、评书,更是不计其数。这些充分证明了《水浒传》的价值和它生命力的强大。

(何锡章)

《三国演义》罗贯中

《三国演义》原名《三国志通俗演义》，是中国第一部白话长篇历史演义小说。它产生于元末明初，作者罗贯中。

罗贯中名本，字贯中，山西太原人。历史上有关罗贯中的记载非常之少，仅在明初戏剧家贾仲明的《录鬼簿续编》中有一条简略的记载：

罗贯中，太原人，号湖海散人。与人寡合。乐府、隐语，极为清新。与余为忘年交，遭时多故，天各一方。至正甲辰复合，别来又六十余年，竟不知其所终。

贾仲明是山东淄川人，生于元至正二年(1342 年)，卒于明永乐二十年(1423 年)。至正甲辰这年贾仲明是 22 岁，假定罗贯中比他大10 岁，那么罗贯中当生于 1330 年左右。假定一个人以活 70 岁为限，那么罗贯中当于 1400 年左右去世。总之，罗贯中正是生活在元末明初这个社会大变动的时期。据明代人的一些记载，罗贯中当元末动乱时，曾“有志图”(王圻《稗史汇编》)，但又觉得不可能与朱元璋等人争雄，所以才“传神稗史”，编撰小说数十种(王圻《续文献通考》)。《三国志通俗演义》大概就是在明朝建国后,罗贯中反思元末的农民起义战争, 为总结历代王朝兴废的根由而作,同时也表达出自己想建功立业的潜在意识。书写出来后,到弘治年间(这时离明朝建国已一百来年),它还是以手抄本的形式在士大夫中间流传(庸愚子《三国志通俗演义序》)。直到嘉靖元年(1522年),《三国志通俗演义》才正式雕版印行。从这以后,《三国志通俗演义》才在社会上广泛流传开来。到了明代末期,随着《三国志演义》各种版本的问世,中国社会也就真正兴起了“三国热”,三国故事逐渐“妇幼皆知”了。清代康熙年间,长洲(今江苏苏州)人毛纶、毛宗岗父子对《三国志通俗演义》进行了修订。他们从帝蜀寇魏的正统观念出发, 对罗贯中原作的情节作了增删改易,对文词作了修订, 同时撰写了10多万字的评语, 将书名也改定为《三国演义》,然后出版印行。毛本《三国演义》虽然突出了封建的正统思想,但原作的基本精神得以保留,同时在艺术上加以提炼,语言也更加精警,因此得到社会的认可,得以广泛流传。近200年来,在社会上通行的就是毛本《三国演义》,作为接近罗贯中原作的《三国志通俗演义》反而湮没无闻。我们如果要探讨《三国演义》的思想内容和罗贯中的原初思想,那么,嘉靖刊本《三国志通俗演义》是不能不顾及的。

《三国演义》不是罗贯中一个人的独立创作,它是罗贯中在长期民间流传的三国故事的基础上,吸收了民间戏曲艺人和民间说书艺人的创造成果,又参考了《三国志》及裴松之注等历史文献,经过再创造而写成的。

三国时代(公元 240–280 年)是中国历史上一个短暂的分裂时期。东汉末年,由于朝廷政治的腐败,激发了黄巾大起义。中央政府没有力量镇压起义,便号召各地勤王,于是地方军阀势力乘机而起。黄巾起义被镇压下去了,可是军阀势力却膨胀了起来,全国形成了许多个军事集团的割据。当时是鹿失中原,群雄竞逐,各军事集团间展开了拼死的争夺。在剑与火的拼夺中,出现了魏、蜀、吴三国鼎立的局面,同时也涌现出大批英雄豪杰,各逞其智术武勇,演出了许多动人的故事。“盖当时多英雄,武勇智术,瑰伟动人”(鲁迅《中国小说史略》),因此也就成为民间传说的好材料。我们知道,从来的历史都有两种:一是官修的正史,一是在老百姓中间口耳相传的野史。从三国事迹来说,官修或私人撰写但得到官方认可的史书,在晋代有陈寿的《三国志》、习凿齿《汉晋春秋》,南北朝时有范晔《后汉书》,宋代有司马光的《资治通鉴》、朱熹的《通鉴纲目》等。《三国志》号称“良史”,尽管所记载的都是历史上曾经发生过的“事实”,但总是经过了作者主观的选择和取舍,它反映的仍是统治阶级的意志。而人民群众中口耳相传的历史,虽是载之于口碑,传之于道路,在传说过程中可能或多或少游离了史实,但却能够表现出历史的精神,反映人民群众的理想和愿望,体现出民族的灵魂。文人们的野史、笔记记录了这部历史的一二皮毛,而它的主体和精神却保留在民间艺人的创作之中。据有关资料记载,隋代的水上杂戏,有了曹操浴谯水击蛟、刘备乘马跃檀溪的节目(《太平广记》卷226“水饰图经”)。唐代的杂戏、市人小说已经常搬演三国故事(段成式《酉阳杂俎续集》卷四“贬误”),以至小孩们也以学张飞、邓艾为能事(李商隐《骄儿诗》)。到了宋代,皮影戏中已有了整部的三国故事剧(高承《事物纪原》卷9“影戏”、张耒《明道杂志》)。宋代民间说书已非常兴盛,三国故事成了说书的主要题材。在东京(今开封)的瓦肆伎艺中,出现了专说三国故事的艺人霍四究(孟元老《东京梦华录》)。到了元代,出现了长篇讲史话本《三国志平话》。这个话本虽然印制粗糙,文词荒率,白字连篇,所述故事,如“桃园结义”“千里单行”“祭东风”“单刀会”等,都不见于历史记载,纯属艺术虚构,但惟其如此,才显出民间文学的本色。作为这个话本灵魂的“复兴汉室”的主题,爱刘憎曹的审美感情和以蜀汉为中心线索,展示魏、蜀、吴三国兴亡的情节结构,正是这几点,构成了罗贯中《三国志通俗演义》的基础。在元代,还产生了大量的三国题材的戏曲,据《元曲选》《录鬼薄》《太和正音谱》等,演出三国故事的杂剧约60多种,今存21种。在这些杂剧中,都以刘备集团为正面歌颂对象,颂扬关羽、张飞的尤其多。

罗贯中在创作《三国志通俗演义》的时候,显然是以《三国志平话》作为它的整体框架的。他保留了《平话》的主题和情节体系,同时剔除了《平话》中大量的荒诞情节和迷信色彩,如司马仲相断狱，刘、关、张太行山落草，张飞屠狗，诸葛亮呼风唤雨等，在这个基础上，他依据陈寿《三国志》及裴松之注等史书，增补了大量符合历史真实性的情节和细节，并作了合理的想象和虚构，经过一番艰苦的再创作，终于写成了这部“据正史，采小说，证文辞，通好尚，非俗非虚，易观易入，非史氏苍古之文，去瞽传诙谐之气，陈叙百年，该括万事”(高儒《百川书志》)的历史演义小说。《三国志通俗演义》作为第一部通俗长篇小说，它开辟了中国小说发展的新纪元。它又以历史真实和艺术真实的高度统一，为中国的历史演义小说树立了楷模，继《三国志通俗演义》之后，出现了《东周列国志》《隋唐演义》等许多历史小说，然而没有一部在成就上能超过它。

《三国演义》自成书以来，对中国人的思想和精神生活的影响，是无法估计的。“故《三国演义》出而脍炙人口，自士大夫以至舆台，莫不人手一篇。”(吴沃尧《两晋演义序》)“盖中国……不能人人读历史，而无一人不读《三国演义》。”(啸庐《中外三百年之大舞台序》)这说的都是明清时代社会的实际情况。那么，为什么《三国演义》能对中国社会有如此广泛而深刻的影响呢？

首先，是《三国演义》满足了中国社会上自士大夫下至普通百姓对历史的持久不变的爱好和兴趣。中华民族历史悠久，因此中华民族很重视自己的历史传统。的确，世界上还没有哪一个民族能拥有一部“廿四史”，能一年不断地记载本民族从远古至现代的历史进程。这种历史传统是中华民族的骄傲,因为历史传统正是一个民族的自信力和凝聚力的标志。这种历史传统在老百姓中是根深蒂固的。这也是三国故事在民间广泛流传的基础。其实,老百姓不仅对三国史,同时对其他各个朝代的历史也都感兴趣,宋代民间说书,有专门的“讲史”科目,元代留下来的讲史话本,有《武王伐纣》《乐毅图齐》《秦并六国》《前汉书续集》《三国志》等五种。而罗贯中的《三国志通俗演义》,实质上也就是中国老百姓创作的三国史。那么士大夫们为什么也喜欢读《三国演义》?当《三国演义》还处于《平话》这种水准的时候,士大夫们是厌恶的,因为“其间言辞鄙谬又失之于野”(《庸愚子序》),只是经过罗贯中据《三国志》加以改作之后,才得到了士大夫们的肯定,于是“士君子之好事者,争相誊录,以便观览”(《庸愚子序》)。比起那些面目呆板的正史,《三国演义》显然具有“易观易入”的特点,可作为通俗历史来读。因此它也就获得了士大夫们的喜爱。

第二,无论是士大夫还是老百姓,都不会是为历史而历史,他们对历史的兴趣,无非是借历史的兴亡来寄托自己的政治观点,表达自己对生活的理想和愿望。由于《三国演义》有独特的成书过程,在它漫长的演化过程中,经过了一代又一代的民众思想感情的浸染,在虚构的情节和故事中积淀着民众的审美思想感情和理想愿望,同时,它又经过文人(如罗贯中)的加工、润色,加强了历史真实感,溶入了儒家的传统思想和观念,这样,士大夫们和老百姓们在《三国演义》中也就找到了共同点。或者说,《三国演义》的主题也好,思想观念也好,人物故事也好,都有着丰富而复杂的内涵,尽管它们都为士大夫和一般群众所共同接受,但他们对它们的内涵实质的理解,是各不相同的,或者说是有差异的。

对民众来说,读《三国演义》首先会受到爱刘憎曹这种审美感情的强烈感染。《三国演义》作为历史小说,与历史的最大区别,是具有强烈的爱刘憎曹的思想倾向性。这不是一种政治观点的灌输,而是一种具有审美感染力的情感趋向。我们知道,陈寿的《三国志》虽以魏为正统,但在具体写作时,作者却是严格客观、公正的,他一定要以史实作为依据。而小说却以情感趋向作为基础,情节完全可以虚构。《三国演义》中爱刘憎曹的思想倾向性,正是在三国故事的长期流传过程中形成并凝固下来的。在这种思想倾向中,实际上表达了封建时代人民群众对于圣君贤相和王道仁政的理想。在《三国演义》中,刘备及其周围的关羽、张飞、赵云、诸葛亮等都被作为正面形象加以歌颂。刘备等人出身下层(刘备声称是中山靖王之后,汉景帝阁下玄孙,而实际上是一个织草席,卖草鞋的人),他们在社会动乱的时候,结盟为兄弟,以"扶危济困"、救国救民为号召,兴起义兵,与群雄竞逐,经过几起几仆的艰苦斗争,终于建立了蜀国。刘备在建国过程中,始终讲究信义,体恤百姓,所到之处都得到百姓的拥护,在君王与臣僚之间,亲如手足(如对关、张),完全以诚心相待(如对诸葛亮、赵云)。这种王道和仁政,正是封建社会中饱受战乱痛苦的民众的要求和愿望。他们希望社会统一、安定,希望有刘备、诸葛亮式的圣君贤相来统一天下,正是这种理想和愿望塑造了刘备等英雄人物的形象。《三国演义》表达了民众对仁政的理想,也表达了他们对英雄豪杰的向往。关羽、张飞都是得到广大民众认同的英雄人物,在他们身上表现出来的义气,也不是统治阶级关于忠义的思想观念,而是封建社会中小生产者团结互助的精神纽带。《三国演义》中的曹操显然是一切恶德的代表,作为一个奸雄的典型,他的本质特征就是狡诈和残暴,在他身上,表达了民众对封建统治者虚伪性的憎恨和厌恶。《三国演义》中的刘备和曹操虽以历史人物作为依据,但已不是三国时真实的历史人物刘备和曹操,他们都是经过了艺术加工的人物形象。同时,拥护刘备也就是拥护汉室,《三国演义》还表达了宋元时期民众"人心思汉""复兴汉室"的民族感情和愿望。

对士大夫来说,他们似乎更看重《三国演义》中揭示的义理,即"知正统必当扶,窃位必当诛,忠孝节义必当师,奸贪谀佞必当去"(修髯子《三国志通俗演义引》)。因此,在爱刘憎曹的倾向性中,同时也包含着汉家天下应由刘氏来承袭的正统观念。罗贯中有这个思想,毛宗岗等更加强了这个思想。《三国演义》之所以获得历代统治者的认可,显然也是出于这个原因。清朝廷在未入关之前,就将《三国演义》译成了满文,并且颁发给将领们当作兵书学习,同时还用《三国演义》中的忠义思想"羁縻蒙古"(邓之诚《骨董琐记》卷六十四)。

《三国演义》是一部描写政治、军国大事的史诗性的作品,它凝聚了广大民众的聪明和智慧,又融入了作家罗贯中对元末农民起义战争的观察和体验,因此,在《三国演义》中不仅贯穿着儒家积极入世的世界观,而且包含着政治、军事、外交等各个方面的战略与策略思想,闪耀着智慧的光芒。人们可以从中学到政治学、外交学、军事学、决策学、人才学等多方面的知识,《三国演义》真是一部战争学的百科全书。

《三国演义》体现了传统的儒家文化与道家文化、雅文化与俗文化的完美融合。自它出现以来的几百年中,对中国人的思想、精神生活和民族性格产生了极为深刻的影响,而且还将继续影响下去。

(傅隆基)

《西游记》吴承恩

如果说，唐代以诗为胜，将中国古代诗歌的创作推向了鼎盛，那么，长篇小说的涌现和繁荣，就成了明代文学成就的显著标志。每当人们提起这个时代的文学，便会列举出《三国演义》《水浒传》《金瓶梅》等杰出作品，自然，也不会忘记吴承恩的《西游记》，因为这部小说创造的孙悟空、猪八戒等形象，已深入人心，家喻户晓。

《西游记》是吴承恩留给后世的光辉遗产。吴承恩（约 1504-1582 年），字汝忠，号射阳山人，淮安府山阳（今江苏淮安县）人，出生在一个由文职小官沦落为小商人的家庭。其祖辈“两世相继为学官，皆不显”，自父亲始，转而经商，小本买卖，聊以糊口。在一个有深厚文化传统、重知识的家庭里，吴承恩从小受到了良好的文化教育，加之聪慧好学，爱好奇闻异事，博览群书，一时文才闻名于乡里，也为后来创作不朽名著奠定了良好基础。

吴承恩一生可谓坎坷崎岖。青年时代，曾致力于科举，然而命运不济，几次参加乡试皆名落孙山，连个举人的头衔都没弄上；直到 40 岁左右，才补了个岁贡生。后来也当过浙江长兴县丞，不过，那时他已年过花甲了。由于他性格狂傲，不善逢迎，做官一年便挂冠而去，归依桑梓，潜心著述，从而创作了至今令人赞叹的《西游记》。除《西游记》外，他还写有诗文和志怪小说，后人辑有《射阳先生存稿》4卷，志怪小说《禹鼎志》则失传。

《西游记》所描写的唐僧西天取经故事，在历史上实有其事。唐太宗时，26岁的和尚玄奘，为探求佛法，追根寻源，私下偷越国境，到天竺求法，历经千难万险，费时17年，于贞观十九年（645年）回到长安，取回真经657部。翌年，李世民命玄奘口述所见所闻，由其门徒辑录成《大唐西域记》。其后，玄奘门徒慧玄、彦琮根据其师经历，撰写了《大唐大慈恩寺三藏法师传》，书中记述了玄奘取经过程，还加入了一些宗教神话故事和历史传说，该书为西游故事的流传、演变提供了再创作加工的基础。唐末，出现了敷演玄奘取经故事的神奇性笔记小说，以后，取经故事从初期佛教徒的传说到人民群众口头传说，愈传愈奇，神话色彩愈来愈浓。刊行于南宋时的《大唐三藏取经诗话》，就标志着唐玄奘取经故事由历史故事向文学故事的转变。《诗话》出现了《西游记》中孙悟空的前身——“猴行者”，历史上的真实人物开始由虚构的人物所替代，佛教故事逐渐向神魔故事演变。元代杂剧，也出现了以取经故事为本事的作品，陶宗仪在《辍耕录》中记载的名目有《瑶池会》《蟠桃会》《唐三藏》等。此外还有讲述唐僧出身的《陈光蕊江流和尚》，演孙悟空被捉的《二郎神锁齐天大圣》等杂剧。剧作家吴昌龄还写下了《唐三藏西天取经》杂剧,但剧本不存,只余断简残篇。到明初,西游故事已形成一个体系,人物内容更加丰富成熟。今传元末明初人杨讷著《西游记杂剧》,共6本24出。此书的意义在于将西游故事连缀成篇,情节结构体系相对完整,一师三徒的主要人物结构固定下来,为吴承恩写《西游记》小说提供了参考的蓝本。大约与此剧同时或稍前,还有一种《西游记平话》问世,此书对《西游记》的成书有着重要影响。它将故事大大丰富了,所讲故事与玄奘、孙悟空的出身经历、整个内容情节比之《西游记杂剧》都有了较大发展。由上述可见,西游故事经历了一个漫长的演变过程,由唐初一个舍身求法的故事到明代变成一部充满浪漫主义色彩的长篇神魔小说,融会700余年无数僧俗群众及文人的创造智慧,寄托了人民群众对生活的理想,渗透了中国文化的特色。吴承恩正是在吸收了历代有关西游故事作品的基础上,结合时代和个人的认识,以丰富的想象和杰出的构思,创造性地将西游故事写成了一部内容深刻丰富、艺术特点鲜明突出的长篇小说,为中国文学乃至中国文化,添上了光彩的一笔。

《西游记》成书后,大约距作者去世10余年时,由南京世德堂刻版问世,署名"华阳洞天主人校",计20卷100回。此外还有万历间闽书林杨闵斋刊本、明刊扁字本、明李卓吾评点本、明刊大字本、明金陵大业堂重刊本。到清代,刊本更多。1955年2月,人民文学出版社据"世德堂"本为底本,并参照清本校订,出版了《西游记》,是今较普遍流传的本子。

《西游记》全书共 100 回。第一至第七四,写孙悟空的出世,泛海学艺,学得 72 般变化、筋斗云等技能,闯龙宫索取兵器,到地府,勾去生死簿上猴类名字,以求万年不灭。然后写孙悟空占山为王,向天庭挑战,自号齐天大圣,把玉帝的栖身地闹得一塌糊涂。他以“不伏麒麟辖、不伏凤凰管、又不伏人间王位所拘束”的思想,追求自在的“绝对自由”的生活。这是一种美好的理想,体现了明代专制制度之下苦难深重的人民企图摆脱封建压迫,挣脱各种枷锁、自己掌握命运的强烈愿望,也反映了人民希望征服自然,让大海、天空、高山成为人们随意支配的对象的理想,这几回着重表现了孙悟空反抗等级森严的社会制度的、无畏的叛逆精神,也着力表现了统治者利用宗教力量,相互勾结,制服了孙悟空,维持了统治的现实,孙悟空终以失败告终。这一段昭示了这样一个道理:在封建时代,统治者的政权与神权是相依为命的,在它们的结合下,反抗,尤其是个人的反抗,只能是悲剧。封建皇权和统治阶级的秩序是神圣不可侵犯的,而“佛法无边”的力量同样不能亵渎。第八回至第十二回写如来说法,观音访僧,魏徵斩龙,唐僧出世,唐太宗入冥,刘全进瓜,玄奘奉旨西行求经等故事,交待取经的缘起。第十三回至第一百回,是《西游记》故事的主体。写唐僧西行,历经九九八十一难为主要结构线索。在西行路上,唐僧先收孙悟空,又收白龙马,再收高老庄的猪八戒、流沙河的沙和尚。一师三徒,组成了一个类似封建家庭结构的取经集团，共赴西天。他们历经宝象、乌鸡、车迟、西梁、祭赛、朱紫、比丘、灭法、天竺九国，一路斩妖除怪，到达西天，终成"正果"，人人封佛，金身塑成。作品通过41个小故事，反映了以孙悟空为代表的力量，战胜恶魔，征服高山峻岭恶水浊江的英雄业绩。一方面表现了人民开拓进取、克服困难的英雄气概和摧毁一切残民以逞的邪恶势力、征服自然的理想；一方面又在客观上表现了皈依佛门的孙悟空，为王权服务，替天行道，清扫阻挡取经的"妖魔鬼怪"的忠贞不贰的品格，以及在宗教精神的支配下，正心诚意，扫荡自身灵魂中"六贼"——一切世俗欲念的人性净化历程。同时，作品通过唐僧师徒四人一路的所见所闻和亲身经历，广泛地反映了社会生活的各个层面以及民情风俗。政治上的专制与腐败，官吏的草菅人命，国君的荒淫，以权代法的人治；宗教之间的互相争斗，佛道的较量；人民受到的各种敲诈勒索；女性被侮辱被损害的命运；神佛的失职与渎职以及他们与西天路上妖魔鬼怪的微妙关系等，在小说中都有意味深长的细致描绘。在某种意义上讲，《西游记》是一部具有丰富的中国文化表征及特质的小说，是中国文化诸形态表现的形象教材。

作为一部以佛教取经传说为主要题材的作品，书中自然有不少的宗教思想，像空无思想、禁欲观念等。从一个角度讲，唐僧师徒取经的过程，也是收敛人欲、净心、斩绝人性"恶魔"，使思想进入佛教虚空之境的过程，是信仰确立归顺佛教的心灵完成史。但是,出于作家认识的深刻性,对宗教,包括佛教和道教及其祖师、门徒,都有嘲讽和批判,孙悟空的行为,在整体上是为宗教服务的,但其具体的斩妖杀魔,以斗争求胜利,以战斗入佛境的思想、行为又与佛教是相违背的,尤其是对六根清净的佛祖公然纵容门徒收受钱财的描写,显然就把一个自诩四大皆空的佛祖置于十分尴尬的地位。对道教,作品也流露出明确的批判倾向,书中道士,几乎没有几个是善良有德之辈,差不多都是蛊惑人心、妖言惑众、伤天害理、误国祸民的邪恶之徒。所以在思想上,《西游记》有极为复杂的内容,简单理解就会适得其反。

《西游记》的思想内容是通过唐僧师徒这几个形象来体现的。唐僧,是取经队伍的首领,是封建社会政治、宗教合一的家长职能的象征。他虔诚,善良,有坚定的信念,有不为富贵所动、不为美色所诱的品格。但是,他胆小,遇难惊慌失措,缺乏主见,信听谗言,优柔寡断,懦弱无能,甚至还有怕被孙悟空牵连的自私。这个人物很有特点,既写出了佛教徒的优良品性,又道出了这类人无法真正根绝的人性弱点。孙悟空是小说真正的主人公,也是整个小说最令人钦佩的光彩照人的形象。他勇敢无畏,忠诚而又机灵,舍生忘死,乐观而又诙谐;他既敢向最高统治者挑战,又敢同恶魔争高下,表现出了英雄的本色。如果说,取经前的孙悟空是一个热爱自由、勇于反叛的斗士,那么,皈顺唐僧后的孙悟空则是一个专除人间恶魔的英雄和忠诚唐僧的徒弟。因此,孙悟空的形象既体现了时代和广大人民群众的理想,又客观上揭示了封建时代人民群众的必然命运:为王权为神权服务,尽忠行孝才是立地成佛的唯一道路。猪八戒的形象在小说中相当重要。他不仅是作为孙悟空的陪衬而存在,而且更重要的是他有自己独特的意义。他是自然经济条件下,农业文化土壤中成长起来的小生产者的性格代表。他吃苦耐劳,取经路上,脏活累活都是他干,逢山开路也是他的重要职责。他虽然贪吃也有些好色,时不时玩点小聪明,但整体上仍不失憨厚诚朴。在他身上确实有小农的某些特征,尤其是动摇性,占小便宜的特点更能说明这点。这个人物之所以在读者中引起好感,给人以喜剧性的美感,就在于他不时真实地表达自己的欲望,没有道学家式的虚伪,虽可笑而又令人可亲。沙和尚在小说中地位不十分重要,但这个角色却也不能少。他是这个取经家庭中的"君子",具有协调矛盾,减缓内部冲突的作用。此人没有孙悟空那样大的神通,但他从不叫苦,总是默默无闻地甘于劳作,不计名利,且能顾大局,识大义,甚至舍身救人。因此,沙和尚虽无辉煌业绩,但在平凡的岗位上,尽到了一个"君子"式忠仆的本分。

《西游记》以其广泛深刻的内容,生动的形象为后世认识作者所处时代的社会情状提供了艺术途径,而小说浪漫神奇的艺术境界亦为人们提供了美的享受。在亦幻亦真、神秘瑰丽的描写中,作者将现实与非现实有机结合起来,以超人的想象,将故事纳入了一个神奇的框架中,既使故事色彩斑斓,又使情节离奇神异。作者将人、妖、兽熔为一体,赋予兽类以人格和社会意义,同时又使兽类具有非现实超现实的本事及其神的属性,并还保留了兽的特征。总之,想象与夸张,浓烈鲜明的情感,神魔相争的情节主干,崇高壮美的美的形态,瑰丽的色彩,形成了《西游记》浪漫主义的艺术世界,而书中通过孙悟空体现出来的理想主义倾向,使浪漫主义不仅在形式上,而且在内容上获得了真正实现。还应该指出,作者在处理现实生活内容时,又十分注意细节及基本事实的真实,尤其是在神奇故事框架中,融入的政治、文化习俗、伦理道德观念,就具有历史本质的真实。从这个意义上讲,《西游记》以浪漫主义的手法,既表现了神魔故事,又再现了社会现实生活,因而,作品又有深刻的现实主义精神。

《西游记》对后世的影响是巨大的。自它问世以后,流传甚广,不少文人围绕《西游记》作了不少文章。朱鼎臣删节成《唐三藏西游释厄传》,杨致和仿作《西游记传》。各种续书纷纷出现,《续西游记》《后西游记》《西游补》等不一而足。同时,它引起人们对神怪题材的广泛兴趣。于是有借历史事件写神魔战斗的小说出现,如《三宝太监西洋记通俗演义》《封神演义》等。

更广泛的影响存在于人民群众之中。孙悟空、猪八戒、沙和尚、唐僧、铁扇公主、红孩儿、白骨夫人等形象,无论是反面还是正面形象,都已深深植根在人民的生活中。他们的形象特征有的已被人们应用于认识和概括现实人物的性格和言行。像孙悟空借芭蕉扇钻入铁扇公主肚中的战术，白骨精三骗唐僧的伎俩，猪八戒占小便宜的行径等，都可在现实生活中找到类似的人和事。孙悟空成了英雄的代名词，或机智的替用语；白骨精无疑是骗子的共名；猪八戒自然是憨厚而略有自私的代表。此外，根据《西游记》中形象的某一经历创造的歇后语也不少，如“猪八戒偷吃人参果——不知贵贱”“猪八戒过河——倒打一耙”等，生活中群众经常用到。

《西游记》在国外的影响也相当广泛。据统计，世界上已有近20种语言的《西游记》译本，这表明《西游记》真的走向了世界。

（何锡章）

《聊斋志异》 蒲松龄

近代国学大师王国维先生曾说:“凡一代有一代之文学,楚之骚,汉之赋,六代之骈文,唐之诗,宋之词,元之曲,皆所谓一代之文学,而后世莫能继焉者也。”(《宋元戏曲史》)发展至明清,堪称一代之文学的,当之无愧地属于明清小说。小说作为一种文学体裁,其远源可以追溯到先秦时期的稗官野史。班固《汉书·艺文志》就写到:“小说家者流,盖出于稗官。街谈巷语,道听途说者之所造也。”因其故事性强,情节引人入胜,一直深受普通民众的喜爱。明朝中后期以来,随着市民文学的兴起,借助建阳书坊的传播力量,众多文人参与到小说的创作中来,极大地提高了这种体裁的文学价值,出现了以“四大名著”为代表的长篇白话小说。与白话小说相比,中国古代文言小说的历史更加悠久,先秦时期的《山海经》启其绪端,魏晋志怪小说,唐传奇等赓续其后,至清初蒲松龄《聊斋志异》的出现,代表了我国文言短篇小说的最高成就。

蒲松龄,字留仙,一字剑臣,号柳泉居士,明崇祯十三年(1640)生于山东淄川(今淄博市)的一个书香世家。蒲家在当地曾经是一个望族，高、曾祖辈都出过秀才，但“显赫”人物甚少。经历了清初的战乱，家族日渐衰微，蒲松龄的父亲蒲槃虽然学识渊博，但因“家贫甚，遂去而学贾”（蒲松龄《述刘氏行实》），家境改善后，十分重视子女的教育。蒲松龄从小天资聪颖，熟读经史子集，为了光耀门楣，重振门风，蒲松龄一生都致力于科举功名。19 岁时考取县、府、道试第一，补博士弟子员。20 岁至 30 岁这十年间，蒲家家道中落，生活艰难，蒲松龄不得不外出教书谋生，但他并没有放弃科举考试。然而事与愿违，多次赴考均以失败告终，后来他曾写下“十年尘土梦，百事与心违”（《旅思》）的痛心之句。31 岁时，蒲松龄因家庭经济条件愈加窘迫而受聘为新任宝应知县孙蕙的幕宾，南下江苏，虽然不到一年便回到故乡，但此次南游极大开拓了蒲松龄的眼界，为其《聊斋》的创作提供了丰富的素材。南游之后的七八年间，蒲松龄经历了最为艰难困苦的时期，家中贫困，母亲亡故，考场失意，靠“笔耕”谋生，“卖文为活”（蒲松龄《呈石年张县公俚谣序》）。直到 40 岁时蒲松龄到西铺毕际有家坐馆，他的生活才有所好转。毕家对蒲松龄颇为器重，优渥的条件和丰富的藏书也为蒲松龄提供了一个较安逸的读书写作环境。蒲松龄坐馆西铺长达三十一年之久，一面教书写文，一面仍对科举考试抱有一丝希望，然而他的科举之路却万分坎坷，始终没能考取功名。科名不顺，让蒲松龄对科举考试有着非常复杂的情绪，曾叹息“天孙老矣，颠倒了天下几多杰士。蕊宫榜放，直教那抱玉卞和哭死！”（蒲

松龄《大江东去·寄王如水》)

在“仕途黑暗,公道不彰”的反复折磨中,他逐渐放弃了对功名的追求,不再赴考,其友张历友在寄赠蒲松龄的诗中写到:“老来更觉文章贱,贫病方知雅道非。同学故人萧屑甚,一时遗老姓名稀。”这是对蒲松龄这一段生活的真实描述。晚年的蒲松龄家庭经济条件逐渐好转,儿孙绕膝,心境也愈发开拓,曾抒发“人生知足无烦恼,能得逍遥贵残均”(蒲松龄《老乐》)的感慨。然而好景不长,随着年岁渐长,蒲松龄此时已是“健忘已足微老困,病骨可以卜阴晴”的古稀老人,又遭受了丧妻之痛和幼孙夭折的沉重打击,最终在凄凉孤苦的心境中于康熙五十四年(1715)农历正月二十二日逝世,享年76岁。

蒲松龄一生著作数量很多,涉及诗、词、曲、赋、铭、引、序、疏、小说、杂著等各种文体,这与他的生活经历有很大的联系,同时也是源于他本身学识渊博、文思敏捷。《聊斋志异》是蒲松龄的代表作,开始创作于作者40岁左右,创作历40余年之久,该书内容非常丰富,既有作者的亲身见闻,也有对传统题材的重新创作,更多的则是作者在游历和生活见闻中记录下的民间故事传说。作者在《聊斋志异》的自序中说到:“才非干宝,雅爱搜神。情同黄州,喜人谈鬼。闻则命笔,遂以成篇。久之,四方同人,又以邮筒相寄,因而物以好聚,所积益伙。”可见创作素材来源是十分广泛的。但蒲松龄并不是对这些故事传说进行简单的转叙,而是通过自己的艺术加工与创造，让这些充满浪漫主义色彩的传奇故事寄托了作者的情感，反映现实生活的真实状况，是对蒲松龄所处时代的艺术再现，表达了作者对现实生活的认识与思考。

《聊斋志异》版本众多，成书后最早是以抄本形式流传，其中最常见的是乾隆十六年(1752 年)铸雪斋十二卷本，出自历城张希杰之手，该本基本从原稿转录而来，因而具有较高的版本价值。在"铸"本之前也有别的抄本流传，例如雍正癸卯年间(即作者去世后的七八年)的殿春亭主人的抄本，今已经散佚。此外还有保存于四川大学图书馆的乾隆年间黄炎熙选抄本。至于刻本，较有名的是乾隆三十一年(1766 年)由莱阳赵起杲开刻的青柯亭刊本，赵起杲逝世后由鲍以文继续完成。之后在道光年间还出现了各种版本的评注本，例如吕湛恩注本、何垠注本、王士祯评本、冯镇峦评本等。1949 年以后，作家出版社在 1956 年出版了张友赫选注的《聊斋志异选》，1962 年中华书局上海编辑所根据张友赫的《聊斋志异》、铸雪斋本、青柯亭本等整理出版的《聊斋志异》，共收 491 篇，计 12 卷，是现今为止较为完备的一个版本。

《聊斋志异》是一部具有强烈现实批判意义的志怪小说，作者用不羁之笔，以鬼狐妖仙的形象揭露批判现实社会的种种黑暗，寄托了自己的爱憎褒贬。这种风格的形成与作者个人经历密切相关：一方面，作者一生的大部分时间都生活在乡村，作为一名普通的知识分子，他有着自己的理想，希望通过科举考试实现自己的抱负，然而蹉跎半生，科场失意，虽有满腔才华却无处施展，数十年来目睹世间的种种不平，这不能不让作者感到愤懑难安，在对科举制度最终失望后，转而揭露这种制度对士人志气的消磨和制度本身的种种弊端。另一方面，作者在与底层劳动人民的长期交往中，深刻地体会到了普通民众的谋生不易，权贵阶层盘剥民脂民膏，官僚腐败，政治黑暗，民不聊生。而作者在南游期间和一些官员的交往，以及在毕家坐馆的三十年中，也深入接触和了解了官绅家庭以及官僚阶层的各色人物，这在他的作品中也有生动的描写。

首先，《聊斋志异》中有多篇作品抨击了科举考试和传统选官制度的弊端。科举制度自隋唐出现并定型以来，曾在中国历史上起到了维护国家稳定，培养选拔人才以及为寒门学子提供仕进之途等重要作用，然而随着时代变迁，科举考试制度日渐僵化，弊端愈显。明清时期以“八股文”为核心的考试内容，极大地损害了士人的创造力和独立思考的精神。更有甚者，明清时期多次出现官僚腐败而导致的科场舞弊案，给寒门学子的科考之路蒙上了沉重的阴影。《聊斋志异》中有很多篇章对科举制度进行了无情地揭露。《叶生》篇讲述了淮阳一位叶姓书生的故事，叶生虽“文章词赋，冠绝当时；而所如不偶，困于名场”，最终郁病而死。叶生死后仍心有不甘，灵魂随着他的知己丁县令东归，教授丁家公子，助其高中进士，叶生也考中举人。然后当叶生荣归故里时才知自己早已死去，怃然惆怅，到灵柩前，扑地而灭。这是当时很多寒门士子的缩影，视科举为唯一的人生道路，然而却终生淹留，空耗岁月，最终落得个悲哀的结局，深刻地反映了社会现实。

《司文郎》中瞽僧能通过焚烧文章的气味评价才华优劣。谦虚好学、才华横溢的王平子的文章受到了瞽僧的鼓励和赞赏，高傲自大、才疏学浅的余杭生却让瞽僧咳逆数声，厌恶呕吐。然而，文采斐然的王平子屡试不中，无才无德的余杭生却顺利地中举入仕。当瞽僧闻了那些考官的文章时，“向壁大呕，下气如雷”，借瞽僧之口揭露了帘官的眼盲并鼻盲，他们本身就无德无能，如何指望这些人能够选出有才有德的士子。《贾奉雉》《于去恶》《考弊司》《三生》《素秘》《神女》等作品或批判酸腐秀才和昏庸考官，或讽刺呆板的八股文和不公的取士制度，从不同角度深刻揭露了科举制度的弊端，显示出作者思想之深邃。

在《聊斋志异》中，作者不仅对科举制度进行批判，更痛诉了官吏阶层贪婪昏庸、无耻恶劣的行径，揭露了政治的腐朽黑暗。《梦狼》《席方平》《促织》《红玉》《石清虚》《田七郎》《窦氏》《成仙》《梅女》《罗刹梅市》等篇，都是这方面的代表作。《梦狼》中讲述了白翁的一个梦：白翁想念在外做官的大儿子白甲，去探望他时却惊恐发现堂上、堂下、坐着、卧着的都是凶狠的狼，周围白骨堆积如山，他的儿子甚至想用死尸设宴招待父亲，而这时白甲也变身老虎被猛士控制。作者借白翁之梦“窃叹天下之官虎而吏狼者，比比也。即官不为虎,而吏且将为狼,况有猛于虎者耶!直指官吏如虎狼一般食人肉饮人血的残酷骇人景象。《促织》里的皇帝因"尚促织之戏,岁征民间",各级官吏借机对百姓横征暴敛,贫苦读书人成名因此遭受家破子亡的惨剧,其子灵魂变成善斗好勇的蟋蟀,进贡给皇帝之后深受喜爱,全家得以发迹腾达,这种悲也促织,成也促织的强烈反差深刻地揭露了统治者贪图享乐、官吏谄媚暴戾、百姓苦不堪言的黑暗社会现象,具有很强的现实批判性。再如《席方平》写东安席廉与羊姓财主有隙,羊死后买通阴间阎王差役报复席廉,席廉之子席方平为报父仇亲赴阴间伸冤,却屡屡遭受炮烙、刀锯等酷刑,作者用暗无天日的阴间反衬阳世,官官相护的黑暗现实愈加凸显。上至天子下至普通百姓,《聊斋志异》中的故事从不同角度控诉了昏庸君主、贪官污吏、土豪劣绅阶层统治下的现实,给人以深刻的认识和思考。

作者除了对社会现实的种种不公进行揭露和批判,也表达了自己对美好事物的追求和热爱,这集中地表现在《聊斋志异》的爱情故事中。这些篇章通过描写花鬼狐妖和人类之间的真挚爱情,表现了对真情实感的渴望与憧憬。另一方面,这些爱情故事的主人公为了追求自由爱情敢于反抗礼教,侧面反映了作者蔑视礼教,追求人性解放的先进思想。《连城》讲述富家之女连城爱上贫书生乔生,其父嫌乔生太贫穷,遂而将其许配给盐商之子,连城因此得重病,需用男子心头肉才能治好,乔生听后果断割肉救连城,连城得救后，连父却背约违誓。连城旧病复发死去，乔生以死相随，两人在阴间结合，最终历经磨难还阳后终成眷属，歌颂了超越生死的美好爱情，也对父母包办婚姻现象进行了批判。《婴宁》中的婴宁虽为狐女，却美丽善良，憨态可掬，她乐观爱笑，用笑应对人生中的一切惨淡与纷争，反映了作者乐观向上的生活态度。《阿宝》写富商之女阿宝漂亮聪慧，众多名士贵族求亲，可阿宝却独爱"痴"人孙痴，终成良缘。作者继而评到情痴的人专一，书痴的人善文，"痴"不一定为痴，"知慧黠而过，乃是真痴"。《小翠》《小谢》《宦娘》《香玉》等都是这类作品的代表作，塑造了许多个性鲜明的角色，其中尤以女性角色最为突出。《聊斋》中的女子形象，无论人鬼妖神大多美丽聪明，善良执着，敢于向传统挑战，传递着解放人性、追求自由的理想光辉。

除了上述三类故事外，《聊斋志异》中还有许多具有启迪性的劝诫讽刺篇章，例如《董生》嘲讽董生为色所惑终至英雄气短的不齿行径。《画皮》告诫人们不要留恋于表面的美丽，要透过现象看本质。《崂山道士》讽刺不劳而获、好逸恶劳、异想天开的人，指出不勤奋的人必定无所获的道理。这些篇章都有着非常积极的现实意义。

《聊斋志异》代表了我国文言短篇小说的最高成就，它不仅受到了六朝志怪小说、唐代传奇、宋元话本等前代文学的影响，更以作者本身超绝的才华，用浪漫主义手法描绘鬼狐世界，反衬现实生活,形成了独具特色的风格内容。鲁迅曾评价“《聊斋志异》虽如当时同类之书,不外记神仙狐鬼精魅故事,然描写委屈,叙次井然,用传奇法,而以志怪,变幻之状,如在目前”(鲁迅《中国小说史略》)。《聊斋志异》自问世以来,便受到众多读者欢迎,仿作频出,乾隆和光绪年间更是出现了《聊斋》仿作的两次高潮,如和邦额的《夜谭随录》、宜鼎的《夜雨球灯录》、王韬的《淞隐漫录》等,但无论是在内容还是形式都与《聊斋》相距甚远。《聊斋》在海外也久负盛名,很早便传入日本,随后被翻译成英、法、德、意、俄、西、荷、比、捷、罗、匈、波、保、越、朝、蒙等十余种版本在海外出版传播,影响十分广泛。

直至今日,《聊斋志异》仍然深刻地影响着中国社会,其高超多样的叙事艺术手法启迪了近现代众多作家的创作,莫言就曾说他的文学创作受《聊斋志异》影响很大。同时后世的戏曲影视领域,对《聊斋》的改编源源不断,为文艺创作提供了丰富多样的素材,也诞生了许多经典之作。作为中华文化宝库中的瑰宝,《聊斋志异》的魅力随着时间推移只会愈发耀眼,显示出更加强大的生命力。

（陈晨）

《儒林外史》 吴敬梓

18世纪中叶，在欧洲，启蒙运动如狂飚在突进，席卷法、英、德等国，为资本主义的蓬勃发展提供了思想武器。然而在中国，当时依然是锁国闭关，正是所谓"康乾盛世"。因此，中国文学家所面临的任务与西方文学家就有根本的不同，批判封建制度，便成为文学家的主要课题。正因为如此，在这个时期，中国出现了两部向封建制度发起攻击的小说，一部是被人喻为封建社会百科全书的《红楼梦》，一部是世人皆知的《儒林外史》。

《儒林外史》是吴敬梓的代表作。吴敬梓，字敏轩，号粒民，又字文木，别署秦淮寓客。安徽全椒人，生于康熙四十年(1701年)，死于乾隆十九年(1754年)，仅在世间生活了54个春秋，有诗文集《文木山房集》传世。

吴敬梓出生在大官宦之家。从父亲吴霖开始，家道急剧衰落，这使吴敬梓的成长虽失去了物质的优越，却提供了思想走向进步与批判的土壤。吴年幼时就显示出聪颖过人处，才识大胜常人，18岁考取秀才。本该仕途青云直上，但父亲被罢官，改变了他的生活道路。吴敬梓在父亲去世后,不善生计,又慷慨好施,挥霍无度,被族人视为败家子。33 岁迁居南京,家境尤为困难,却品性不改,好宾客、喜交游,成“四方文酒之士”的盟主。由于科场的不顺,人生的兴衰际遇,使他清醒地认识到了世态的炎凉,仕途的险恶,因而中年后便厌弃功名,不再应举。此后生计日艰,靠卖书和朋友接济过活。在冬夜无火御寒时,往往邀友绕城数十里而归,谓之“暖足”。经历了这段艰苦生活后,他一面鄙视名利场中的各色人等,一向心仪儒家礼治,晚年坚持“治经”,视此为“人生立命处”,希望以孔孟之说来改变现实。愿望虽好,但终是大厦将倾一木难支,腐烂的社会无论用什么妙药灵丹,绝难起死回生。《儒林外史》就是在这样的愤世嫉俗心情下创作的,大约成书于他 50 岁之前。吴还有《诗说》7 卷,已亡佚不存。51 岁时,乾隆南巡,他人夹道拜迎,吴敬梓却“企脚高卧向栩床”,名士风采,可见一斑,鄙视帝王富贵,跃然纸上。 1754 年农历 10 月 29 日, 吴敬梓作客扬州酒后突发痰症,不治而亡,一代灵杰就这样挥手告别了人间。然而他创作的《儒林外史》却流传开来,成为万世不朽之伟著。

《儒林外史》成书后,开始就以抄本形式流传于世。今存最早的刻本是嘉庆八年(1803 年)的卧闲草堂本,以后各本皆以此为底本。此外还有嘉庆二十一年(1816 年)艺古堂本,同治八年(1869 年)群玉斋活字本。1958 年,人民文学出版社出版了张慧剑先生依据卧闲草堂本校注的本子, 此本删去了疑为伪作的最后一回,全书共55回，是目前最通行的本子。

小说《儒林外史》没有中心事件为主线和中心人物作主干。背景是明代，实则讽刺清代。所写对象是“儒林”，塑造了一系列不同类型的知识分子形象，在许多故事连缀而成的长篇里，批判了各种类型的封建士大夫的功名利禄观念，描写他们在追求功名利禄过程中的“性情”“心术”，丑恶的精神面貌和败坏的道德风尚，并旁及当时的官僚制度、人伦关系及整个社会风气，暴露了封建社会末期的黑暗和腐朽，显示出了颇有深度的批判讽刺力量。

小说着力塑造了被科举制度扭曲的知识分子形象，批判了科举制度对文士心灵的腐蚀与折磨，将“儒林”中种种为仕进而迷失本性、丧心病狂的丑行展露出来，因而“外史”实为“丑史”。小说在第一回中就以王冕之口，否定了以《五经》《四书》八股取士的制度：“这个法却定的不好！将来读书人既有此一条荣身之路，把那文行出处都看得轻了。”小说开篇，就写了周进、范进这两个科场中的人物。他们都是皓首穷经却终不进举的文士。一个因不能入贡院考试而一头撞在贡院号板上几乎丧命，一个则因中了举反而兴奋异常终致发疯。作者通过撞号板的周进来揭示迷恋功名而又感到绝望的知识分子的内心世界，以范进中举后的变态疯狂来反映意外爬上仕途阶梯的知识分子的精神面貌，对科举制度进行了有深度的批判。作品还进一步揭示了文人们热衷科举的原因，功名利禄，光宗耀祖，乃是他们直接的心理动因，以及推动他们拼命向上爬的社会思想力量。

功名富贵是古代文士的追求目标,科举制度正是以此诱使普天下的知识分子拥挤在通向功名富贵的独木桥上,因而就不免生出种种可笑可憎的人和事。作品围绕这一核心,将儒林中的各种丑类描绘得栩栩如生,并给予了无情嘲笑和鞭挞,同时也在一些人身上寄托了作者的生活理想。在"卧闲草堂本"上有一篇题名"闲斋老人"的序言,序中云:

其书以功名富贵为一篇之骨:有心艳功名富贵而媚人下者;有倚仗功名富贵而骄人傲人者;有假托无意功名富贵自以为高,被人看破耻笑者;终乃以辞却功名富贵,品地最上一层,为中流砥柱。

闲斋老人的概括相当精当,且道出了作者的旨意。在功名富贵的指挥棒下,徇私舞弊者、偷梁换柱者、尔虞我诈者,比比皆是。取悦主考,平庸顿变珍奇;胸无点墨,同样可飞黄腾达;为了功名,不惜出卖人格,奴颜媚骨;中了秀才,诚朴人也趾高气扬,变得虚伪奸诈。在小说中,周进、杨执中、权勿用、匡超人等皆属此类。吴敬梓就是那样无情,把士子们堕落的精神,扭曲的人性、沦丧的道德,揭露得酣畅淋漓,令人拍案叫绝。

自然,在作者的心目中,也有可称之为中流砥柱的高洁之士和"奇人",这些人是理想的正面人物,代表了一种希望、一种生活、一种人生道路。他们淡泊功名,轻视富贵,安贫立命,嵚崎磊落，如王冕就是这样的形象。其他如虞有德、庄尚志、迟衡山、杜少卿等，也寄托着作者的志向。在普通人身上，在市井“奇人”季遐年、王太、盖宽、荆元等底层人形象之中，作者写出了他们纯朴的品质，他们活得充实，没有儒生的虚空，他们诚笃，没有士人的虚伪，这些人恰好与功名富贵中人两两对照，寓含着作者超越功名走向踏实人生的思想，具有不同一般的意义。

《儒林外史》还将笔触伸入到对礼教的揭露领域，礼教的虚伪与残酷得到了真实再现。严监生的小舅王仁科场出身，满口仁义道德，实际天良丧尽，得了严监生的银子，就抛弃骨肉之情，怂恿严监生在自己的亲妹妹王氏断气前把侍妾扶正。王玉辉是位礼教的信徒，自己的女儿要为丈夫“殉节”，不但不加劝阻，反而劝其那样做，结果女儿绝食而死，礼教虚伪残酷的吃人本质在这里得到彻底亮相。

小说还批判了封建吏治的腐败，揭露了官吏的昏庸、贪佞与暴虐。王惠出任南昌太守，他压根儿就没想为官一任，造福一方，为民谋利的职责，一心想的是“三年清知府，十万雪花银”，到任不久，衙门里便到处响起“戥子声、算盘声，板子声”。彭泽县令为表明自己治内的廉明，当押船人来控告两船盐被抢时，他不去追索抢劫犯，反而将舵工打得死去活来，表面的清廉在残酷盘剥面前，顿时露出了真面目。

小说还把矛头对准那些悭吝成性的地主，骄奢淫逸、附庸风雅的盐商，招摇撞骗、寄生虫般的所谓名士、帮闲等。

《儒林外史》是一部主要写知识分子的小说。在它之前，尤其是在明末清初的才子佳人小说中，也出现过知识分子形象，不过他们都缺乏鲜明的个性，雷同化，千人一面，千部一腔，且故事单调枯燥、平庸俗套。《儒林外史》的问世，打破了这种格局，第一次塑造了众多生动的、个性鲜明的知识分子形象，第一次公开反对封建科举制度，因此，在中国小说史上，具有划时代意义。

《儒林外史》的主要艺术成就表现在它卓越的讽刺艺术上。讽刺作品，在中国历史悠久，先秦诸子的寓言中，就有不少讽刺作品。从小说而言，《西游记》就显露出了讽刺锋芒，作者对神佛的讽刺已达相当高的艺术水平，后来又有《西游补》《钟馗斩鬼传》等，讽刺因素也较多，不过词意浅露，讽刺艺术相当粗糙简单。明代拟话本和《聊斋志异》，都有讽刺科举的短篇，但整部书，尤其是以长篇作为讽刺的基本内容载体却不多见，而《儒林外史》则是开长篇讽刺小说之先河的第一书。诚如鲁迅在《中国小说史略》中所说："迨吴敬梓《儒林外史》出，乃秉持公心，指摘时弊，机锋所向，尤在士林；其文又戚而能谐，婉而多讽：于是说部中乃始有足称讽刺之书。"

讽刺是《儒林外史》的最大的艺术特色和成就所在。作者以真实为讽刺的生命，以极其严肃的态度来对待讽刺对象。他讽刺的人物，许多都有生活中真实原型。他揭露丑恶，尖锐辛辣，然而又蕴藉深刻，绝非恶意攻讦或故揭阴私展现黑幕。难能的是，他讽刺的不仅仅是具体的人或事，其笔锋所向，直指造成病态人物和病态社会现象的根本原因，即不合理的社会制度。吴敬梓非常注重讽刺艺术的巧妙运用，他很少或者根本不出头露面来提示或表述讽刺的意图，只是以故事叙事者的身份出现在读者面前，讽刺谁，讽刺什么，一切都自然而不做作，一切都让读者在情节场面中自己去体会，在故事的进程和人物性格的勾画中，体现出讽刺的意味。作者很注意掌握讽刺的分寸，火候准确，无过而又无不及。他根据人物道德沦丧程度的不同，热心功名富贵人性扭曲程度的差异，或嘲讽与同情结合，或讽刺与揭露批判相结合，或给予善意的揶揄。他还调动了许多艺术手段来达到讽刺效果，重视对话，通过对话来揭示他们的性格和心理，虽三言两话，却能使人物的品行和精神活灵活现，内在灵魂暴露无遗。如他运用夸张，就达到了出人意料的效果。严贡生临死时伸两个指头不肯断气的细节，看似夸张，实则与悭吝守财的内在本质是一致的，寄讽刺与夸张于合理之中。再如对照，把人物前后行为、语言行动加以对比，讽刺效果就自然显现出来了。胡屠户对其女婿范进中举前后的行为反差，从盛气凌人到自轻自贱，使人看到一个前倨后恭的势利小人的丑恶嘴脸。再如范进在其母死后，去高要县汤知府处“打秋风”吃饭，作者写范进遵制吃斋，在杯筷上讲究而又在燕窝碗里拣大虾丸子放入口中的细节，活脱脱画出了假道学的面貌，其礼教的虚伪性也在此反映出来。这种反差，就构成了绝妙的讽刺。吴敬梓往往利用人物一本正经地讲假话、大话，然后揭穿其假话、大话后面的无知、浅薄与荒谬，此手法可称为揭谬法。如匡超人向牛布衣吹嘘他编的文章风行全国，北五省读书人的书案上都供奉着“先儒匡子之神位”。牛布衣马上揭露他说，先儒应是去世之儒，你还健在，何得此称呼？匡超人顿时露了馅，吱唔其辞，只好把“先儒”强解为“先生”。匡超人的无知与愚昧，浅薄与荒唐，就在这一过程中显露得充分而又生动。《儒林外史》名为“外史”，意在不以正史自居。然而在小说的讽刺艺术中，却继承着优秀史家“皮里阳秋”笔法，“外无臧否，而内有所褒贬”。不着痕迹，往往尽得讽刺风流；不用指评，嘲讽意义自然流露；褒贬寓于形象，评说见于情节。这样，既避免了主观武断，又防止了概念诠释。

《儒林外史》在艺术结构上也颇具特色。全书没有一贯到底的主角，但每个人物的登场与退场，每一个故事的开始、转折和结束，都存在着内在联系。这种结构，看似无提纲挈领之主线，却有避免松散、拖沓的功用。不像其他小说，有一个主要的情节线，但它却通过内容上的逻辑联系——“功名富贵”将人物、事件串结起来，人物事件各异，然而根子却在此处连结。故事相对独立，却又前呼后应，环环相扣，构成连环式结构。显然，《儒林外史》在观念内容上有长篇的框架，而在具体章回中又有短篇散点透视的特色。分则可成短篇，合则又是生活历史和风俗画的长卷。小说写了人物 378 个，人物涉及各个阶层，几乎包罗万象。描写的空间也极广，整个神州，几乎皆入视野。所以，称之为社会历史风俗长卷和封建末世世态图亦不为过。

总之，《儒林外史》以其反映社会生活的广阔性，认识社会生活的深刻性以及人物形象的真实生动性，使之具有映照封建社会后期社会历史镜子的作用，加之它卓越的讽刺艺术和独特的艺术结构、语言艺术和有意味的诸多表现形式，使它成为一部中国文学史上前无古人的长篇讽刺小说，在文学史上占有极其重要的位置。

《儒林外史》因其高度的思想艺术成就，使它在问世之后就产生了广泛的影响。惺园退士的序言说："慎勿读《儒林外史》，读之来觉身世酬应之间，无往而非《儒林外史》。"他指出人们通过读《儒林外史》可以认识封建社会中形形色色的人物和生活，提高人们的认识能力，尤其是识别各类知识分子的能力，同时也点明了此小说巨大的批判力量。

在小说史的发展中，《儒林外史》奠定了中国古代讽刺小说的基础，为后来讽刺小说的发展开辟了广阔的道路。晚清小说如《官场现形记》《二十年目睹之怪现状》等，此类被鲁迅称之为"谴责小说"的作品，在思想艺术方面均受到《儒林外史》的明显影响，虽然在上两方面的成就都难望《儒林外史》项背，但影响是十分清楚的。新文学的伟大作家鲁迅，对《儒林外史》就极其推崇，他本人所擅长的讽刺艺术，便从该书中获益不少。在《阿Q正传》《孔乙己》《白光》等小说中，在表现知识分子的题材方面，都可见到《儒林外史》的影响。说得更宽一点，40年代兴起的讽刺剧、讽刺诗，其思想渊源和艺术手法也可追溯到《儒林外史》。随着时间的推移，《儒林外史》的影响不会减弱，它的优秀传统必定会发扬光大。

（何锡章）

《红楼梦》曹雪芹

两个世纪以前，曹雪芹经历了由"锦衣纨绔，饫甘餍肥"到"茅椽蓬牖，瓦灶绳床"的生活，在贫病交加的境况下，离开了那个"百足之虫，死而不僵"的社会，寂寞地死去。死时，琴剑在壁，"新妇飘零"，留给后人的还有一笔丰富的精神遗产，这就是他用血和泪凝成的伟大作品——《红楼梦》。

同莎士比亚一样，除不断有人怀疑曹雪芹对《红楼梦》的著作权外，人们对他的身世知之甚少。根据现在所能见到的零星材料记载，我们略知：曹雪芹，名霑，字梦阮，号雪芹、芹圃、芹溪。他性格嗜酒狷傲，多才多艺，工诗善画。在他短暂的40余年的岁月中，他经历了曹家由盛到衰的整个过程。他13岁以前，曹家是"鲜花着锦，烈火烹油"，从其曾祖到其父亲，都是世袭江宁织造，与皇帝的关系十分密切。康熙皇帝六次南巡，就有五次住在曹家。可是好景不长，由于他父亲因事受到削职、抄家的处分，曹家急剧衰落。曹雪芹13岁时，全家由南京迁居北京西郊，过着"举家食粥酒常赊"的日子。这种大起大落的不平常经历，为他的创作提供了坚实的生活基础。因此，在凄凉困苦的晚年，“雪芹于悼红轩中，披阅十载，增删五次”，创作过程十分艰苦，真是“字字看来皆是血，十年辛苦不寻常”。可惜没有完稿，就“泪尽而逝”。学术界一般认为，后四十回为高鹗所续(高鹗，字兰墅，另号“红楼外史”，乾隆时进士，做过内阁侍读，刑科给事中等官)。高鹗的续作，虽然有诸多不足，但他根据原书的线索，把宝黛爱情写成悲剧结局，从而使小说成为一部结构完整，故事首尾齐全的文学巨著，从此在社会上产生巨大影响，其功不可没。

《红楼梦》是中华民族灿烂文化的象征，艺术的明珠，是中国古代优秀文化遗产的集大成者。它既是中国古典文学的总结，又是中国新文学的发端。正如鲁迅所说：“自有《红楼梦》出来以后，传统的思想和写法都打破了。”(《中国小说的历史的变迁》)

在《红楼梦》产生时代，充斥文坛的是“开口文君，满篇子建，千部一腔，千人一面”的才子佳人书，情节无非是“私定终身后花园，才子落难中状元”，奉旨成婚，夫贵妻荣。而《红楼梦》的主要内容虽然是写贾宝玉、林黛玉、薛宝钗的恋爱、婚姻故事，但完全打破了才子佳人之作的固定模式。贾宝玉不是热衷功名富贵的才子，林黛玉也不是温柔敦厚的佳人，而是一对要求个性解放、为世俗所不容的封建叛逆者。薛宝钗虽然是符合“德言工貌”标准的窈窕淑女，但作者没有给她和贾宝玉安排“一见钟情、私定终生”的情节，也没有给他们安排夫贵妻荣的大团圆结局，在作品中，薛宝钗也是个悲剧角色。贾宝玉和林黛玉的爱情基础是他们有着背叛封建主义的共同思想,他们一致蔑视功名利禄,鄙弃"国贼禄蠹"之流,反对封建正统思想,他们都有对科举制度、礼教观念和封建道德观念进行反抗的性格和行动。他们的爱情是封建叛逆者的爱情,最后必然为封建家长所扼杀。《红楼梦》正是写出了这种人生有价值的东西毁灭的悲剧。

《红楼梦》不仅写的是一出爱情悲剧,同时也是一出人生大悲剧。在中国,《红楼梦》式的悲剧作品不多,曹雪芹勇敢地面对现实,"睁了眼看""如实描写,并无讳饰"(鲁迅《中国小说的历史的变迁》),写出了他心爱的贵族不配有更好的命运——只能是"树倒猢狲散",客观地预感了封建社会必然灭亡的历史趋势。贾府表面看来是"昌明隆盛之邦,诗书簪礼之族",实际上家庭成员之间充满着仇恨、猜忌、欺诈、倾轧、争夺,"一个个都像乌眼鸡似的,恨不得你吃了我,我吃了你",完全撕破了罩在家庭关系上的温情脉脉的面纱。贾府到处充满着罪恶,装饰得最富丽堂皇的地方往往是最见不得人的所在。贾府表面的繁荣鼎盛掩盖不住腐朽不堪、摇摇欲坠的实质,恰好像书中人物冷子兴所说的一样:"外面的架子虽没倒,内囊却也尽上了。"作者通过贾府,让读者看到一幅封建社会的政治缩影,由此更为广阔地展示了封建社会的种种黑暗现象,形象地反映了 18 世纪中国社会的各种矛盾,广泛触及了当时社会的政治、经济、法律、道德、文化、教育、宗教、婚姻、妇女等方面的问题。举凡封建制度所造成的罪恶,无论是地租榨取、高利盘剥、包揽词讼、强取豪夺、蹂躏妇女、贪污行贿,还是统治阶级的寡廉鲜耻、穷奢极欲,小说无不揭露殆尽,无情批判。毫不夸张地说,《红楼梦》是一部封建社会末世的形象历史,是一部认识封建社会的百科全书。尽管书的开头,作者一再表白不批评政治,声明“此书不敢干涉朝廷”“无朝代历记可考”“大旨谈情”“绝无伤时诲淫之病”,这只是作者的一种障眼术而已。他正是用这种独特的方式——“将真事隐去”“用假语村言”来敷演故事,巧妙地书写自己的愤懑和向往,表达自己的是非观念和审美意向。因此,《红楼梦》的巨大社会意义不仅在于它写出了宝黛爱情悲剧,更在于它以这个爱情悲剧为中心,写出了当时具有代表性的贾、史、王、薛四大家族的兴衰,向腐朽的封建制度敲响了沉沉暮鼓。同时,小说通过对封建叛逆者的歌颂,表达了新的朦胧思想,也敲响了新世纪到来的晨钟。在中国文学史上,还没有一部作品能像《红楼梦》这样把爱情悲剧写得既富有激动人心的力量,又能深刻全面地揭示出它的社会根源,从而对封建社会作出最深刻有力的批判。

《红楼梦》宏伟完整的结构,细腻逼真的日常生活的描写,优美成熟的语言,深入细致的心理刻画,都说明作为天才艺术家的曹雪芹运用艺术技巧到了炉火纯青的地步。尤其是他塑造的贾宝玉、林黛玉、薛宝钗、王熙凤等一系列栩栩如生、个性鲜明复杂的典型人物,这些形象不仅高度概括了他们的阶级特征,而且也超过了他们的阶级和时代，因此，他们的名字就一直流行在生活中，成了一个"共名"。自然"和从前的小说叙好人完全是好，坏人完全是坏的，大不相同"(鲁迅《中国小说的历史的变迁》)，理所当然地成为中国古代现实主义文学的高峰之作。

曹雪芹的未完稿题名《石头记》，基本定稿的只有前80回，最初这80回在为数很少的朋友中传阅，继之则以手抄本的形式流传达30年之久。到了乾隆五十六年(1791年)，程伟元、高鹗第一次以活字版排印出版，成为120回，书名也改为《红楼梦》。《红楼梦》经程、高刊行后，立即赢得读者的喜爱，从饱学的文人秀士到粗通文墨的家庭妇女都争相阅读。乾隆、嘉庆年间，就有人在北京"见人家案头必有一本《红楼梦》"(郝懿行《晒书堂笔录》)。开始时每部售价十数金，京版《红楼梦》流行江浙后，"翻印日多，低者不及二两"(毛庆臻《一亭考古杂记》)，可见出版之多，流行之广。《红楼梦》以它博大精深的思想内容和娴熟精湛的艺术技巧征服了无数读者，不少人对之"爱玩鼓掌""读而艳之"，有的甚至为了评品书中人物，"一言不合，遂相龃龉，几挥老拳"(邹弢《三借庐笔谈》)，形成了"开谈不说《红楼梦》，读尽诗书也枉然"(《京都竹枝词》)的社会风气。《红楼梦》的爱情悲剧更是震撼了众多少男少女的心，引起他们的强烈共鸣，清人笔记中时有这样的记载。如苏州有个金姓公子，"喜读《红楼梦》，设林黛玉木主，日夕祭之，读至黛玉绝粒焚稿数回，则呜咽失声"(邹弢《三借庐笔谈》)。杭州有个富商小姐，“明艳工诗，以酷嗜《红楼梦》致成瘵疾。当绵惙时，父母以是书贻祸，取投诸火。女在床，乃大哭曰：‘奈何烧杀我宝玉！’遂死”（陈其元《庸闲斋笔记》）。这些记载虽未为信史，但可作为说明《红楼梦》艺术感染力之深的最好佐证。

尽管《红楼梦》受到人们的如此欢迎，但遭到封建统治者及正统派人士的猛烈攻击，他们把《红楼梦》斥为“淫书”“邪说”，咒骂曹雪芹身后萧条是因为写了《红楼梦》而得的报应。清政府一再把《红楼梦》列为禁书，并贴出告示严禁它的出版发行。但是，艺术是高压手段禁止不了的。虽然《红楼梦》遭到恶毒咒骂和焚禁，但它依然在民间广泛流行，愈禁愈传，具有无穷的生命力。

《红楼梦》的影响之大，还表现在补续热和仿作热上。程、高本问世后的10年间，就先后出现了《后红楼梦》《续红楼梦》《绮楼重梦》《红楼复梦》四种续书。此后续貂之作，兴会淋漓，总共约有20多种。直到今天，仍然有人创作续书出版。续作之多，在长篇小说中是打破纪录的。这类续作，大多为宝黛爱情悲剧翻案，不是借尸还魂，就是冥中另配，务使有情人终成眷属，其思想倾向艺术价值不能与《红楼梦》同日而语。《品花宝鉴》《花月痕》《海上花列传》《青楼梦》等作都是摹仿《红楼梦》而作，但都没有达到《红楼梦》所达到的高峰。续作和仿作更衬出《红楼梦》的坚实高大，影响之深。同时，《红楼梦》还被大量地改编成戏剧、弹词，观众为之“感叹欷歔，声泪俱下”。时至今日，还有人将《红楼梦》改编的电影、戏剧上演，电视连续剧《红楼梦》播映时，几乎是万人空巷，人人争看，风靡一时。

至于《红楼梦》对后世作家创作的影响更是显而易见的。近现代有影响的作家苏曼殊的《断鸿零雁记》，巴金的激流三部曲——《家》《春》《秋》，其风韵跟《红楼梦》一脉相承。《红楼梦》成为后世作家学习的范本与楷模。不少著名作家在总结或介绍自己的创作经验时都忘不了《红楼梦》对自己的"哺育"之恩，并强调说：要认真读几本古典名著，尤其是《红楼梦》更要多读精读。

《红楼梦》早在19世纪40年代初就译介到国外，有英、日、法、德、俄、意、朝鲜、匈牙利、越南、蒙古等19种文字、30多种译本。《红楼梦》在国外，同样受到各国人民的喜爱。《红楼梦》已经成为世界文库中最伟大、最丰富、最深刻的巨著之一。因此，我们中国人提起《红楼梦》，就像意大利人提起但丁的《神曲》，英国人提起莎士比亚的戏剧，法国人提起巴尔扎克的《人间喜剧》，俄国人提起托尔斯泰的《战争与和平》一样，感到骄傲和自豪。

200多年来，研究《红楼梦》的著作汗牛充栋，完全可以自成一图书馆。《红楼梦》研究成为一种专门的学问——红学。红学的名称最初只是一个开玩笑式的诨号，到后来则正式成为具有严肃意义的专门学问的名称了。"五四"以前的旧红学主要是封建文人以其世界观对《红楼梦》的评点和索隐。评点派主要着眼于文章作法，索隐派则从小说的情节和人物中爬罗剔扶，进行考证，以索书中的所隐之事、所隐之人。有的认为小说写的是康熙朝宰相明珠的家事;有的认为是影射清世祖与董鄂妃的恋爱事迹;有的认为是描写康熙朝的政治状态的,“书中本事在吊明之亡,揭清之失”等。“五四”以后以胡适、俞平伯为代表的新红学,批判了旧红学的猜谜和附会,用实验主义的方法研究《红楼梦》,认为《红楼梦》是作者的自叙传或身边琐事的自然主义实录。自传说虽然抹去了小说所具有的思想价值和客观社会意义,毕竟把红学向前推进了一步。1963 年,隆重纪念曹雪芹逝世两百周年的活动,把《红楼梦》研究推向了建国后的第一次高潮。粉碎“四人帮”后,红学界解放思想,突破禁区,成立中国“红楼梦学会”,编辑出版专门研究《红楼梦》的学术刊物——《红楼梦学刊》和《红楼梦研究集刊》。《红楼梦》研究不仅成为中国文学研究的“显学”,而且还成为具有国际性的学问,全国和国际的《红楼梦》研讨会接二连三地召开,使《红楼梦》研究欣欣向荣,硕果累累,成为建国后红学研究的第二个高潮。艺术是无止境的,《红楼梦》研究也是无止境的,随着研究的全面深入,红学将会得到更快的发展。

《红楼梦》,世界文学宝库中的明珠。

(汪超宏)

跋

今天是苏州人特别看重的冬至，又称一阳生，按《玉烛宝典》的说法为“万物之始”，在节气上特别重要。而且从东兴那里获知《虎丘书院文库》第二辑《经典的力量》已经编好，即将付梓，所以倍感欣喜！

回想缘起可以追溯到十年前，记得当时与理事会诸君茶叙，诸位有感于工商时代人心不古，世风日下，觉得应该做点事，虽然几个人的力量非常微弱，但若能发潜德之幽光，冀星火之燎原，未来总是有希望的。一致认为办一个传播传统文化的机构，能像当年唐文治先生办的无锡国专那样为挽救人心尽一点绵力。当时唐先生的老学生秦和鸣、胡子远两位国学前辈都非常支持，并提出了很好的建议，今年二老虽然已经先后永远离开了我们，但是二老对于传播优秀传统文化的执着和热忱却会给我们永远的感动和激励。我们曾经希望把文治国学院办成功，后来由于种种原因，虽然没有采用文治国学院之名，而是因为地理之宜，改成了虎丘书院，但理想和精神没有改变，这样也可以上接苏州兴办书院的文脉。苏州最早的书院南宋和靖书院遗址就在虎丘山脚下，是南宋尹焞创办的。现在虎丘山脚下专门的文化机构很少，我们办虎丘书院多少有助于增加这一地区的文化氛围，而且苏州图书馆也在虎丘书院开设分馆，也大大方便了周边群众的借阅，增添了书香。在名胜古迹的虎丘塔边有了一个可以供精神休憩的空间。

现在不乏功利主义、利己主义盛行。社会上的种种不良现象都说明道德危机、人心恶化已经到了需要引起重视的地步。2010年"精神病收治制度法律"分析报告给出的数据,我国各类精神病患者人数有一亿多，其中重性精神病患者已经超过1600万。而2015年全国最新流行病学大调查给出的数据更是惊人,全国有超过1.8亿人患有精神障碍。毫无疑问,改革开放以来中国经济增速前所未有,物质文明有了极大的提高,但前述这些问题的存在说明,只有物质的丰富并不能给人带来真正的幸福。

其实早在一次大战以后,原来对西方物质文明高度礼赞的梁启超就在《欧游心影录》中忧心忡忡地说:"讴歌科学万能的人,满望着科学成功,黄金世界便指日出现。如今功总算成了……我们人类不惟没有得着幸福,倒反带来许多灾难。好像沙漠中失路的旅人,远远望见个大黑影,拼命往前赶,以为可以靠他向导,哪知赶上几程,影子却不见了,因此无限凄惶失望。影子是谁?就是这'科学先生'。""自然界的暴力,远不及人类;野蛮人的暴力,又远不及文明人。""现在所谓光华烂漫的文明,究竟将来作何结果,越想越令人不寒而栗。"最早大力翻译介绍西方社会科学的严复更是尖锐地抨击西方300年的进化只是做到"利己杀人,寡廉鲜耻"八个字。而西方的思想家、科学家也对物质文明有深刻的反省。德国理论物理学家、量子力学的奠基人之一马克斯·玻恩就曾在他晚年所作《我的一生和我的观点》中说:医学战胜了疾病,"结果出现了灾难性的人口过剩;城市挤满了人,同自然界完全失去了接触”;通讯、旅行发展的结果是“世界的一个角落里的每一个小小的危机,都会影响到其余所有的角落,并且使合理的政治成为不可能了”;“汽车使整个农村成为所有人都可以到达的地方, 但是道路被堵塞了,修养地被污损了。”如果这种“技术上的误用”还是可以由“技术和行政上的补救办法来及时纠正”的话,那么,“真正的痼疾更为深刻”。这就是“所有伦理原则的崩溃”,因此他非常悲观地声称:即使核战争的浩劫可以避免,“对于人类来说,除了黑暗的未来以外,我什么也看不到”。这些先知深沉的忧患意识早已敲响了警世之钟,我们不能再沉迷于物质文明的霓虹灯里而不能自拔。

早在 1920 年,曾经奠基了上海交通大学、希望以实业救国的唐文治先生毅然辞去校长的职务,到无锡白手创办了国学专修学校。他与梁启超、严复一样也是警醒于西方物质文明造成的危机,希望挽狂澜于既倒,以兴复优秀的传统文化为己任,以“正人心,救民命”为惟一宗旨。也许个人的力量真的微不足道,但 是面对问题却视若无睹,那无异于为虎作伥。

今年党的 19 大召开, 报告中对社会基本矛盾的概括由原来的“人民群众日益增长的物质文化需求同落后的社会生产之间的矛盾。”转变为“人民日益增长的美好生活需要和不平衡不充分的发展之间的矛盾。”“物质文化”物质在前,强调的是把物质发展放在优先的位置,而“美好生活”则并非物质丰富就能实现,没有文化、精神的极大提升就不可能有美好生活。而且报告中还明确指出:“文化是一个国家、一个民族的灵魂。文化兴国运兴,文化强民族强。没有高度的文化自信,没有文化的繁荣兴盛,就没有中华民族伟大复兴。”而“中国特色社会主义文化,源自于中华民族五千多年文明历史所孕育的中华优秀传统文化。”这已清楚表明党和政府在新时代将高度重视文化和精神文明建设,我们通过创办书院来传习优秀的传统文化完全符合国家的发展战略。

编写《经典的力量》是书院工作的一个组成部分,要传习优秀的传统文化当然需要以深入研究为基础,但是目前更重要的是对优秀传统文化的普及。对经典的阅读很重要,但是对大众而言,受学养和时间、精力诸方面的影响,往往力有不逮。学习的经验告诉我们,阅读一部经典,即使反复多遍,能够记住的内容也是十分有限的,给人留下深刻印象的可能就是其中的某些名言警句。因此,通过对大量名著的阅读萃集其中的精华,然后分门别类,并加以注译,汇编成册,推送给普通读者,让读者一册在手,如入书海,对于普及来说,无疑能起到事半功倍的效果。希望虎丘书院在推广经典书籍的传承的同时也能传承唐文治先生的国学教育方法,即:授课与诵读、自修与交流相结合,对难解之问题专设答疑课的教育方式。

我们觉得做这样的国学经典传承工作很值得,也很有必要。当然书编的好不好,还要经受读者的检验,在此我们真诚地希望列位方家能够不吝指正!

马亚中跋于丁酉天正